OFFICIAL FANBOOK

涼宮ハルヒの観測

スニーカー文庫編集部：編

角川文庫 16855

JN263816

序

本書は、二〇一一年五月二十五日に初回限定版、六月十五日に通常版を発売した『涼宮ハルヒの驚愕（前）（後）』にあわせて制作されたものです。第八回スニーカー大賞を受賞した『涼宮ハルヒの憂鬱』を第一作とする「涼宮ハルヒ」シリーズは二〇〇三年の刊行開始以来、多くの読者に愛されてきました。コミック、アニメ、ゲームなど幅広《はばひろ》く展開され、全世界での小説・コミックスを合わせたシリーズ累計《るいけい》部数は千六百五十万部となりました。

今回初めて「涼宮ハルヒ」シリーズに触《ふ》れる読者のために、本書では第一章「登場人物」、第二章「各巻詳解」にて分かりやすくハルヒの世界を紹介《しょうかい》しています。またシリーズ開始当初からの愛読者にも楽しめる内容として、第三章「質疑応答」では谷川氏といとう氏へのＱ＆Ａを、第四章「原稿再録」では雑誌「ザ・スニーカー」でしか読めなかった谷川流氏の寄稿《きこう》文「a study in August」を、第五章「座談雑談」ではお二人と担当編集者の座談会を収録しました。

本書が「涼宮ハルヒ」シリーズを愛してくれる方々に少しでも新たな楽しみをもたらすことができたら、これに勝る幸いはありません。

角川スニーカー文庫編集部

涼宮ハルヒの観測

OFFICIAL FANBOOK CONTENTS

涼宮ハルヒの観測

口絵・本文イラスト　いとうのいぢ
口絵・本文デザイン　アフターグロウ
ライター　志田英邦

本書に記述されたデータは2011年5月現在のものです。

SUZUMIYA HARUHI NO KANS

第一章 SOS 登場人物

「涼宮ハルヒ」シリーズに登場するキャラクターを、
名シーン・名台詞とともに振り返る。
デザインラフや関連用語の解説も必見だ。

キョン
KYON

来歴

「こうして俺たちは出会っちまった。しみじみと思う。偶然だと信じたい、と」本シリーズの主人公。県立北高に入学し、1年5組の自己紹介の時間、涼宮ハルヒの発言に衝撃を受ける。思わず話しかけたのが運の尽き。ＳＯＳ団になしくずし的に入団し、非日常の毎日を送ることになる。

　ＳＯＳ団唯一の平団員。ウェブサイトの開設を担当。草野球大会では4番セカンド、途中でピッチャーを務める。七夕で短冊に書いた願い事は「金くれ」「犬を洗えそうな庭付きの一戸建てをよこせ」。ＳＯＳ団による自主制作映画『朝比奈ミクルの冒険 Episode 00』では雑用を担当。文芸部の会誌では恋愛小説を執筆した。成績はいたって低空飛行。昼食は弁当派。両親と妹、三毛猫のシャミセンと暮らす。ポニーテール萌えで眼鏡属性はなし。

　ごく普通の人間なのだが、ハルヒから選ばれた者として宇宙人、未来人、超能力者から注目を集めている。朝比奈みくると3年前へ時間移動し、中学1年生のハルヒと出会ったことも。高校2年に進級してもクラスは5組、ハルヒと同じクラスになる。「なぜなら俺は、ＳＯＳ団の団員その一だからだ」

■ハルヒに佐々木、2人の神様モドキから認められたすごい男子だ

キョンの能力

「保証します。あなたは特別何の力も持たない普通の人間です」と言われるほどの「月並み」。キョンはＳＯＳ団唯一の一般人である。ハルヒの力についてさまざまな思惑を持つ者たちがにらみ合い膠着状態に陥った時、注目された存在がキョンだった。何も特殊性を持ち合わせていない彼がなぜＳＯＳ団に？　キョンは「ハルヒに選ばれた」普通の男子。彼こそがハルヒの無自覚な力をコントロールする鍵だった。そして宇宙人、未来人、超能力者が次々とキョンに接近し始める。人類の未来はキョンに委ねられた……のかもしれない。

キョンの性質

キョンの口癖「やれやれ」、それは中学時代の友人・佐々木から伝染したものだった。自嘲か、諦念か、達観か。主人公は勘弁、巻き込まれ型の傍観者でいたい。脇役で充分と高校入学当初の彼は思っていた。しかしＳＯＳ団が結成されてハルヒに振りまわされるうちに、彼は自分の本心に気づく。――そんな非日常な学園生活を、お前は楽しいと思わなかったのか？　彼は覚悟を決め、非日常に向かいあうのだった。なおキョンというあだ名は叔母が本名をもじってつけたもの。本名は「どことなく高貴で、壮大なイメージを思わせる（佐々木談）」とか。

■客観的に見れば周りは美少女だらけ。谷口も羨むモテモテ環境だ

★★★★★★★ SOS団内交友録 ★★★★★★★

【キョンと涼宮ハルヒ】

聞き上手なキョンはハルヒの最大の理解者

あまりに強烈な自己紹介をしたハルヒにキョンが話しかけたことで、二人の関係は始まった。SOS団結成のきっかけを作り、団員その一になったキョン。SOS団自主解団させようとしたこともあったが、ハルヒが消えた時、SOS団の非日常を楽しんでいた自分に気づく。単にポニーテールが好きなのではなく、ポニーテールのハルヒが……というのは言わぬが花。

【キョンと古泉一樹】

男同士の友情が育まれて……いる？

SOS団内でたった二人の男同士、ハルヒの秘密を共有する仲間。キョンがハルヒの横暴な態度に拳を振り上げた時は、古泉がすかさずキョンの手首を押さえるというブレーキ役を務めた。また雪山遭難事件の時、古泉は一度だけ「機関」を裏切ってキョンの味方をすると約束。キョンは古泉のハンサム面にイラつきながらも、何のかんので信頼している。

SCENES PLAYBACK

「なにアレ？　やたらでかいけど、怪物？」 ──「憂鬱」P.279

２人きりで新たな時空に送り込まれてしまったキョンとハルヒ。ハルヒは青白い巨人《神人》を見つけて大興奮、その状況を楽しんでいた。とうとうハルヒは現実世界に愛想を尽かしたのだと語る古泉。キョンは元の世界に帰るため、みくると長門が残してくれたヒントから、ある行動を思い切って実行する……！

「わたしと付き合う……？」 ──「驚愕（前）」P.36

長門が倒れた原因は周防九曜にあるに違いない。そう確信したキョンは外へ飛び出す。すると、まるで待ち構えていたかのように九曜が現われた。そして九曜は驚きの言葉を放つ。「知りたかったのは」「あなたのことだったわね……」。人知を超越した存在の接近に追い詰められていくキョン──その空気を打ち破ったのは意外な人物だった。

デザインラフ

作中ではシリアスな表情になる場面も多いはずなのだが、キョンといえばこのちょっとゆるい「やれやれ」顔が真っ先にイメージされる。ついでに制服の着こなしもユルい。

キョンを知るための必須用語解説　ジョン・スミス

みくるに導かれて3年前へと時間移動したキョンは中学1年生の涼宮ハルヒと出会い、ジョン・スミスと名乗る。一度目に会った時は一緒に校庭で落書きをし、二度目は声をかけただけ。キョンは中学生のハルヒに「世界を大いに盛り上げるジョン・スミスをよろしく」と呼びかけた。「ジョン・スミス」はハルヒにとって転機になった存在。だがキョンは自分がジョン・スミスだということをハルヒに明かしていない。それは彼にとって切り札の一つだった。ジョン・スミスは海外ではありふれた名前で、日本では山田太郎のような名前に当たる。ジーン・ウェブスターの児童文学『あしながおじさん』で主人公のジュディを陰ながら支援する資産家が名乗ったのもジョン・スミス。

SOS団団長、
涼宮ハルヒ。以上！
涼《すず》宮《みや》ハルヒ
HARUHI SUZUMIYA

来歴

「ＳＯＳ団の活動内容、それは――、宇宙人や未来人や超能力者を探し出して一緒に遊ぶことよ！」意志の強そうな大きくて黒い目を異常に長いまつげが縁取り、薄桃色の唇を固く引き結ぶ。高校に入学したものの既存の部活動に満足できなかったハルヒは、キョンの言葉を受けてＳＯＳ団（世界を大いに盛り上げるための涼宮ハルヒの団）を結成する。

とにかくパワフルで、草野球大会ではみずから1番ピッチャーを務め、七夕の願い事は「世界があたしを中心に回るようにせよ」「地球の自転を逆回転にして欲しい」。文化祭には映画の自主制作を提案し、総指揮／総監督／演出／脚本を担当。文芸部の会誌作りでは編集長をしながら謎の論文を執筆した。スポーツ万能でマラソン大会では優勝するほどの体力を誇り、授業は全然真面目に聞いていないのに学年ベスト10に名を連ねる成績優秀者でもある。

そんな彼女は「願望を現実化する」という神にも等しい能力の持ち主で、宇宙人、未来人、超能力者たちから注目されていた。だが本人には自覚がないから話は複雑なのである……。

「バカじゃないの？　そんな都合のいい話があるわけないじゃないの」

涼宮ハルヒの能力

■特異な力がなくても充分なほど、文武両道な完璧キャラだが……

「目からビームくらい出しなさい！」とハルヒが叫べばみくるの目からフォトンレーザーが発射され、桜の映像を撮りたいと思えば秋なのにソメイヨシノが満開。夏休みを終わらせたくないと思えば、15498回夏休みを繰り返す。ハルヒは自分の願望を無意識に実現させてしまう能力を持つ。しかもストレスがたまると閉鎖空間を生み出し、世界を破壊して作り直そうとするのだ。だが本人はそんな自分の力に気付いていない。この力をめぐって彼女のもとに宇宙人、未来人、超能力者が集うこととなったが、それもまたハルヒの願望だった……。

涼宮ハルヒの性質

あくまでハイテンション、傍若無人エクスプレス。何事もそつなくこなし、勝負事には無類の負けず嫌い。何よりも退屈を嫌う女。中学時代は変人と呼ばれ、一時期は付き合う男を取っ替え引っ替えして最長で一週間、最短で告白されてオーケーした５分後に破局というモテぶりを見せていたらしい。北高入学当初も日替わりで髪型を変えるなど奇行が目立ち、クラスで孤立していた。しかしキョンとＳＯＳ団を結成してからは徐々に心を開き始め、高校１年の３月には球技大会でクラスを率いて活躍するなどの協調性を見せている。

■「ハーイ！　お待たせ！」キョンを引きずる姿も板に付いている

SOS団内交友録

【涼宮ハルヒと長門有希】

万能キャラだけど、守ってあげたい……

「有希はね、SOS団一の万能選手なの」と語るように、ハルヒは長門に全幅の信頼を寄せている。一方で「有希はおとなしいしさ、騙されやすそうだもん」と無口な彼女を心配している面もあるようだ。文芸部室の問題で生徒会長が長門を呼び出した時には大激怒し、また長門が学校を欠席したと知るとマンションに直行。連日看病に徹するのだった。

【涼宮ハルヒと朝比奈みくる】

年上だけど、可愛い大切なマスコット♪

「ちっこいくせに、ほら、あたしより胸でかいのよ」としょっぱなからみくるの胸を鷲掴み！　入団当初のみくるはほとんどハルヒのオモチャだった。過激なコスプレをさせ、映画のためなら池にも突き落とす有様。だが関係が深まっていくとともに、みくるの人権も多少は尊重するように。現在はSOS団の副々団長兼書記兼メイドとして大切に愛でている。

SCENES PLAYBACK

「中学に入ったら、あたしは
自分を変えてやろうと思った」

──「憂鬱」P.226

二人きりの帰り道、ハルヒはキョンに語り始める。「あんたさ、自分がこの地球でどれだけちっぽけな存在なのか自覚したことある?」彼女は小学6年生の頃、家族で野球を見に行った話をする。彼女は野球場に集まった人間を見て、特別な人間だと思っていた自分がありふれた存在にすぎないのだと気づく。そして彼女は待つことをやめ、みずから動き始めた……彼女の人生観の転換ポイントの話。

「ちゃんとするの、
けっこう面倒なのよ」

──「消失」P.140

「俺、実はポニーテール萌えなんだ」かつて、そんなキョンの言葉を聞いてポニーテールにしたことのあるハルヒ(すぐにほどいてしまったが)。改変された世界でも、なぜかキョンのリクエストでハルヒはその見事なロングヘアをポニーテールにする。文句を言いながらちゃんと髪を結うあたり、女の子らしい一面が垣間見える名シーン。キョンの称賛にまんざらでもない感じのハルヒが可愛い。

デザインラフ

高校入学当初は腰まで届こうかという長さだったロングヘアは、髪型を毎日変えていることをキョンに指摘された翌日にばっさりカット。２つのバージョンのデザイン画が残っている。右下のようなコミカルな怒り顔は珍しいが、キョンはこんな顔のハルヒもよく見ているのかも？

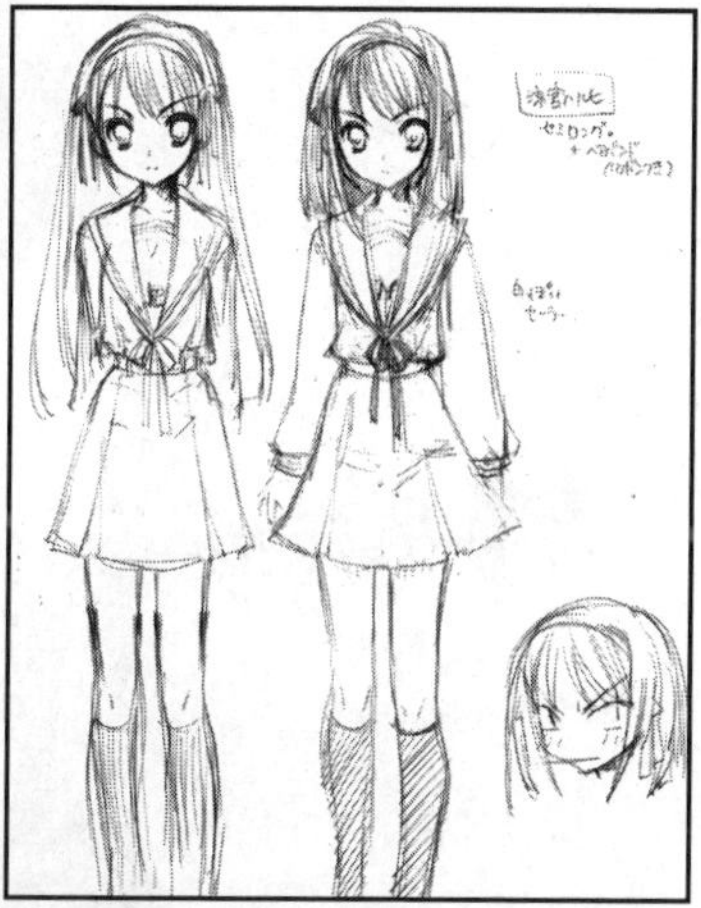

涼宮ハルヒを知るための必須用語解説　「わたしはここにいる」

中学時代の数々の奇行で知られるハルヒ。彼女が起こした事件で語り草になっているのが、七夕の夜に東中の校庭に記した巨大な落書き。この事件は新聞沙汰にもなった。長門曰く、この落書きの意味は「わたしはここにいる」。ハルヒは宇宙に向かってメッセージを送ろうとしていたのだと言う。ハルヒの落書きを手伝った人物こそがジョン・スミス——過去へ時間遡行したキョンである。なお、この落書きをした年に「情報フレア」と「時間震動」、そして「超能力者の覚醒」が起きた。情報統合思念体はハルヒのことを「自律進化の可能性を秘めた存在」とし、未来人は「時間に歪みを起こす源」、機関は「願望にあわせて世界を改変する神のような存在」と見ている。

眼鏡の再構成を
忘れた
長門《なが と》有希《ゆ き》
YUKI NAGATO

来歴

「本さえ読めればいいらしいわ。変わってると言えば変わってるわね」
たった一人の文芸部員で事実上の部長。ハルヒがＳＯＳ団のために文芸部室を占拠し、彼女も入団することになる。白い肌に感情の欠落した顔、ボブカットをさらに短くしたような髪。いわゆる神秘的な無表情系。ハルヒ曰く「ＳＯＳ団に不可欠な無口キャラ」である。眼鏡をかけていたが、ある事件でキョンから「俺には眼鏡属性ないし」と言われ、以後はかけていない。草野球大会では3番センター、七夕の願い事は「調和」「変革」。文化祭の自主制作映画では黒マントとトンガリ帽子で悪い宇宙人の魔法使い役を演じ、クラスの占い大会でも活躍した。文芸部の会誌には幻想ホラーを執筆。ギターを弾けば超絶テクを披露し、パソコンを使えば凄腕ハッカー、校内百人一首大会で1位、マラソン大会で2位と文武両道、万能キャラぶりを発揮する。ちなみに食欲は非常に旺盛。
　その正体は、情報統合思念体によって造られた対有機生命体コンタクト用ヒューマノイド・インターフェース。目的はハルヒの観測である。
「yuki.n > あなたと涼宮ハルヒには手出しをさせない」

■時空改変に巻き込まれないための対抗処置。攻守ともに完璧である

長門有希の能力

充分に進化した科学は魔法と見分けがつかないという言葉があるように、長門が持つ情報操作能力は、時に魔法のように見える。金属バットの属性をブーストさせてホームランバットに変えてしまったり、部屋の時間の流れを固定化して時を超えたり、人に噛みついてナノマシンを注入したり。長門はＳＯＳ団のピンチにあらゆる手段で対処する。そんな長門の能力をキョンもかなり頼りにしていた。しかし、そのために彼女自身が変化してしまったことも……。ハルヒの願望実現能力を利用して世界を改変してしまうことも長門なら可能だ。

長門有希の性質

待つ女。外見から彼女の心はうかがい知れない。ハルヒが中学1年生の時に造られた存在である長門は、当初は無感情で無感動に見えた。夏休みを15498回繰り返した時も、約594年分の時間をただじっと観測し続けていた。しかしハルヒやキョンと行動していくうち、彼女の内部にエラーが蓄積。やがてそれは異常動作を引き起こしてしまう。エラーの正体をキョンは知っていた——。「それはな長門。感情ってヤツなんだよ」情報統合思念体の一端末ではなくなりつつある長門は、自身の変化をどう受け止めているのだろうか。

■読書する長門を見ながら、キョンは長門の寂しさについて考える

★★★★★★★ SOS団内交友録 ★★★★★★★

【長門有希とキョン】

端末としての意識に揺らぎを与えた存在

情報統合思念体の一端末である彼女に、人間の感情的なものが芽生えたのは、おそらくSOS団不思議パトロールの時。図書館でキョンに図書カードを作ってもらった記憶は、長門にとって重要なものだったようだ。「消失」事件の後も、キョンとみくるの関係を意識する（みくるはそう認識している）など想いは揺れているようだ。

【長門有希と涼宮ハルヒ】

観測対象から守るべき相手へ

長門にとってハルヒとは観測の対象に過ぎなかった。しかしSOS団の団員としてハルヒたちと色々な体験を重ねていくうち、変化が訪れる。彼女はハルヒの能力を使って、ハルヒが存在しない世界を作りあげてしまった。改変した世界で長門は普通の少女となり、キョンと接近する……。しかし改変修正後、長門はハルヒを守ることを約束したのだった。

SCENES PLAYBACK

「多分、あなたは涼宮ハルヒにとっての鍵」

——「憂鬱」P.124

ＳＯＳ団に入団後、キョンを家に招いて自分の正体が「この銀河を統括する情報統合思念体によって造られた対有機生命体コンタクト用ヒューマノイド・インターフェース」だと明かした長門。なぜそんな告白をするのかと問うキョンへの答えは「あなたは涼宮ハルヒに選ばれた」。選ばれたのは必ず理由がある、と言われ戸惑うキョン。当時のキョンには、到底付き合いきれない内容の話だった……。

「インチキと呼ばれる行為をしているのはわたしではなく、コンピュータ研のほう」

——「暴走」P.159

コンピ研とゲームで対戦することになったＳＯＳ団。キョンは長門に「今回ばかりは宇宙的あるいは未来的、または超能力的なイカサマは封印だ」と約束させた。しかし長門は対戦中にコンピ研の不正を発見。その時キョンは長門の表情に紛れもない決意の色を見る。人間らしい感情の発露に、みくるや古泉も注目の場面。

デザインラフ

初期デザインの長門はすべて眼鏡着用。よく着ているカーディガンは学校指定のものなので、ハルヒやみくるも持っているのだが、着用率は長門が圧倒的。ＳＯＳ団で休日に外出する際も制服姿がおきまりで、冬はこれにダッフルコートをプラスする。

長門有希を知るための必須用語解説

情報統合思念体《じょうほうとうごうしねんたい》

全宇宙にまで広がる情報系の海から発生した、肉体を持たない超高度な知性を持つ情報生命体。宇宙の膨張とともに拡大し、情報を取り込むことによって進化してきた。しかし、いつしか自律進化の閉塞状態に陥ってしまう。そんなある時、彼ら（？）は地球上の弓状列島の一地域から分析不能の情報フレアが噴出したことを確認。その中心にいたのが当時中学１年生のハルヒだった。情報統合思念体の一部は、それが自分たちの自律進化のきっかけを与える存在になるのではないかと考えた。だが有機生命体と直接的に接触できないため、長門を生み出しハルヒの解析を始めたのである。しかし長門や朝倉、喜緑など彼女たちに付与された社交性機能にばらつきがあるのは謎なところだ。

ふつつかものですが、
よろしくお願いします
朝《あさ》比《ひ》奈《な》みくる
MIKURU ASAHINA

来歴

「何かおかしな事件が起こるような物語にはこういう萌えでロリっぽいキャラが一人はいるものなのよ！」ハルヒがさらってきた上級生は、北高の天使様と呼ばれる美少女だった。小柄で童顔だがスタイル抜群、ゆるく波打つ栗色ロングヘアで、子犬のように潤んだ瞳をしている。

ＳＯＳ団ではお茶汲みを担当。ハルヒに着させられたメイド服もみずから着用するようになり、お茶の銘柄やお湯の温度にもこだわりを見せ始める。草野球大会では2番ライト、七夕の願い事は「お裁縫がうまくなりますように」「お料理が上手になりますように」。文化祭の自主制作映画では主演女優を演じ、クラスの出店の焼きそば喫茶でもウェイトレス姿を披露した。文芸部の会誌には童話を執筆。バレンタインデーの時「手作りチョコレート争奪アミダクジ大会」を行い、成果を認められてＳＯＳ団副々団長に昇格する。

その正体は、ハルヒを監視するために現われた未来人。未来の情報を過去人に教えないよう精神操作を受けており、答えられない質問をされるとおきまりの言葉をキョンに返す。「あなたの本当の歳を教えて下さい」「禁則事項です」

■大人の女性になって現われ、たびたびキョンを助けるみくる(大)

朝比奈みくるの能力

本来、未来人は過去の事件の顛末を全て知っているはず。しかしみくるはほとんど何も知らずに現在の世界に派遣されてきた。彼女は未来からの指示に従って行動しているだけ。だが、より遠くの未来からやって来てキョンとみくるを助けてくれる朝比奈みくる（大）はさまざまな事件の詳細を把握しているようだ。現在をあるべき未来へ導くため、みくる（大）はことあるごとにアドバイスやメッセージを与える。古泉はみくる（小）がキョンを懐柔して過去人を撹乱させるために未来から送られてきたデコイ（おとり）ではないかと考えているようだが……。

朝比奈みくるの性質

いつかは未来に帰ってしまう、かぐや姫のようなみくる。性格は真面目で一生懸命、ＳＯＳ団に引き込まれる前は書道部に所属していた。ハルヒに泣かされたり困らされたりしても、けなげについていく。未来からの指示に対しても忠実に行動しようとするあまり、何も知らない自分の無力さに泣くことも。彼女は、より未来から来ている自分のことを知らない。だが今のみくるのひたむきさが、成長したみくるへとつながるのだろう。みくる（大）は、みくる（小）よりも大人の女性らしい余裕をたたえ、性格もちょっとだけお茶目なところが増しているようだ。

■汗だくのキョンにハンカチ（花柄）を渡す、細やかな気遣いも

★★★★★★★★SOS団内交友録★★★★★★★★

【朝比奈みくると長門有希】

ちょっぴりお互いを意識してしまう間柄？

未来人から見て、宇宙人はちょっと苦手な存在のようだ。訳あって長門のマンションにみくるが泊めてもらうことになった時も、みくるは長門の視線をずっと感じていたとキョンに語る。長門もまた、みくるを意識しているのだろうか……？　だがそれはあくまでみくるの主観であって、長門の本心はキョンにも分からない。

【朝比奈みくると鶴屋さん】

とっても頼もしいみくるの保護者役

SOS団名誉顧問・鶴屋さんと、みくるはクラスメイト。鶴屋さんがSOS団に関わるようになったのも、みくるが草野球大会のメンバーとして連れてきたのがきっかけだ。鶴屋さんはみくるの正体に薄々気づいているようだが、おおらかな笑顔でみくるに接し、困っている時には惜しみなく手助けする。たとえ秘密があっても、二人の友情は本物なのだ。

SCENES PLAYBACK

「みくるちゃん、言ってみて」
「……ミミミ、ミクルビームっ」

――「溜息」P.128

ＳＯＳ団自主制作映画のヒロインを演じることになったみくるは、ハルヒ超監督からカラーコンタクトを片方だけ着けてビームを放つように演技指導をされる。恥ずかしいセリフを叫びながら、一生懸命ポーズを取るみくる……すると本物のビーム（高い指向性を持つ不可視帯域のコヒーレント光）が目から放たれてしまった！　可愛い仕草で殺人光線を放つという衝撃のシーンである。

「何も言わなくていいです。
それで、もう充分だから」

――「動揺」P.289

何も知らないまま、与えられた命令に従うだけの自分。それは自分に力が足りないからだとみくるは涙する。彼女を慰めたいキョンは、より成長して自分たちを助けに来てくれるみくる（大）の存在を教えたいと思う。今のみくるの行動は、確実に未来へつながっているのだと……しかし上手く伝えられない。みくるは、そんなキョンの思いを察して微笑んだ。互いの心が伝わる関係性が美しい。

デザインラフ

初期デザインの段階ですでにメイド服やバニー姿が。ちなみに制服姿のデザインには当時の編集からリテイクが入り、もっと胸元をふくよかにしてほしいという指示が入ったとか。

朝比奈みくるを知るための必須用語解説　TPDD《タイム　プレーン　デストロイド　デバイス》

通称・航時機。未来人の頭の中に無形で存在しているタイムマシンのようなもの。これを使用すると未来や過去へ行き来できるものの、既存時間を破壊するリスクを伴う。そのため使用するには厳しい審査とたくさんの人の許可が必要とされている。未来人は時間というものを「一瞬の時間平面の積み重なり」だと捉えている。時間と時間との間には限りなくゼロに近い断絶があり、連続性はない。ＴＰＤＤの使用により生まれた時間の歪みを修復することが未来人の時間駐在員の主な任務である。だがみくるは例外。ハルヒが中学１年生の時に起こした時間震動がきっかけで、未来人は過去へ遡れなくなった。みくるはハルヒを監視するという使命を帯びて、この時代へやって来たのだ。

さすがは
涼宮さんですね
古《こ》泉《いずみ》一樹《いつき》
ITSUKI KOIZUMI

来歴

「こんな中途半端な時期に転校してくる生徒は、もう高確率で謎の転校生なのよ！」ハルヒがＳＯＳ団部室に連れてきた、さわやかスポーツ少年のような雰囲気を持つ細身の男。彼は二つ返事でＳＯＳ団入部を了承する。彼のいる1年9組は理数クラス、学業は優秀のようだ。ＳＯＳ団夏休み合宿では無人島の別荘を手配し、この功績をハルヒに認められて副団長に就任。草野球大会では6番キャッチャーで出場。七夕の願い事は「世界平和」「家内安全」。文化祭の自主制作映画では超能力少年の役を演じ、クラスのシェイクスピア劇「ハムレット」ではギルデンスターンを演じる。ＳＯＳ団の冬休み合宿でも推理ゲームを主催し、文芸部の会誌ではミステリー小説を執筆。ボードゲーム愛好家でコレクション数は多いが、腕前は下手の横好き。

その正体は、ハルヒの力によって目覚めた超能力者。ハルヒが発生させる閉鎖空間では赤い光球に変身し、《神人》と戦う。ハルヒが閉鎖空間を生み出さないように手段を講じつつ、それを楽しんでもいるようだ。「僕は『機関』の一員ですが、それ以上にＳＯＳ団の副団長でもあるのですから」

古泉一樹の能力

■草野球大会で負けていると閉鎖空間発生！古泉の苦労は絶えない

閉鎖空間がハルヒの精神に生まれたニキビだとしたら自分はニキビ治療薬なのだと語った古泉。彼は閉鎖空間限定の超能力者らしい。閉鎖空間での古泉は赤い光球に変身して空をレーザーのように飛び、《神人》を切り刻む。《神人》を崩壊させると閉鎖空間は消滅。超能力者たちは閉鎖空間の出現を察知し、内部に侵入できる。ＳＯＳ団の活動中「機関」の仲間らしき相手から古泉へ閉鎖空間発生の連絡が入ったことも。

古泉一樹の性質

一見冷静沈着で人畜無害。ハルヒの発言を微笑みながら常に肯定する古泉。「今の僕こそが涼宮さんの望む人物設定でしょうから」と、その性格が意図的に作ったものであることをほのめかしている。全てはハルヒの望むままに。ハンサムなルックスの持ち主にもかかわらず、クリスマスイブはＳＯＳ団のために予定を開けておく忠義心も兼ね備えている。『消失』の改変世界でも光陽園学院でハルヒの傍らに従い、キョンに「僕は涼宮さんが好きなんですよ」と発言。本気なのか戯れ言なのか。彼の言葉は常にミステリアスなのである。

■自主制作映画ではそのハンサムぶりを有効活用。キョンも嫉妬！

★★★★★★★SOS団内交友録★★★★★★★★

【古泉一樹とキョン】

皮肉や愚痴を唯一言える相手？

「同級生相手に丁寧口調を続けるのも、けっこう疲れるものなんです」と古泉はキョンに言う。古泉にとってキョンは、比較的本音を打ち明けられる相手のようだ。ハルヒにまつわるあれこれも、古泉は閉鎖空間の担当でキョンは現実世界の担当と、勝手に役割を決めてある種の共犯関係を楽しんでいるように見える。まだ隠している事は多そうだが……。

【古泉一樹と涼宮ハルヒ】

全ては愛すべき団長のために……

古泉の言葉を信じるなら、ハルヒは彼に超能力を与えた存在であり、彼女が世界や宇宙人や未来人を作った。だから彼はハルヒを安定させ、世界を現状維持することに努める。だがハルヒを褒め称えるのも、推理ゲームを企画するのも、嫌々やっている訳ではないらしい。「機関」の人間としてではなく個人として、彼はハルヒを愛すべき人物だと見ている。

SCENES PLAYBACK

「涼宮さんには永遠に知らないでいて欲しい」

──「溜息」P.256

ハルヒの能力については、古泉も長門もみくるも、それぞれに信じる解釈があった。混乱するキョンのもとを訪れた古泉は、水面下の戦いについて語る。ハルヒの力をめぐって、いくつもの組織が抗争を繰り広げているらしい。そのことをハルヒに知られたくない、彼女の心を曇らせたくない、と古泉。だがキョンにだけ語ったのは、自分の苦しさを分かち合える存在を欲していたからかもしれない。

「そうですね、僕はやや疲労気味です」

──「分裂」P.50

ハルヒの精神状態が不安定になると閉鎖空間の発生が活発になり、古泉は忙しくなってしまう。高校2年の4月、閉鎖空間の発生が活発になった理由を古泉は把握していた。しかし張本人のキョンは自覚していない。古泉はキョンに、春休み最終日の事件を思い出させる……。女性の心の機微に無自覚なキョンに対して古泉も呆れ気味？

デザインラフ

さわやか笑顔（キョンの目にはニヤニヤ笑いに見える）がデフォルトの古泉。長めの前髪はイケメンだからさまになる。キョンと違いブレザーの前はきちんと留めるタイプだ。

古泉一樹を知るための必須用語解説　機関《きかん》

超能力者たちが所属する組織。超能力者は地球全土でおそらく10人程度らしいが、全体の構成員の数は不明。発足以来、ハルヒの監視を最優先事項として存在する。北高にも古泉以外のエージェントが何人も潜入しているとのこと。「機関」の上層部は世界が３年前（４年前／ハルヒが中学１年生の時）から始まったという仮説を立てた。この世界はハルヒが見ている夢のようなもので、現実と呼ぶ世界を創造したり改変したり自由に変化させることができると考えているのだ。「機関」はハルヒを未完成の神のような存在だと捉え、彼女の不興を損なうことのないよう日夜暗躍している。だが超能力者たちは一枚岩ではなく、「機関」内に強硬派がいたり、「機関」の対立組織も存在する。

わたしと長門さんは
鏡の裏表のようなもの
朝《あさ》倉《くら》涼《りょう》子《こ》
RYOKO ASAKURA

来歴

「せっかく一緒のクラスになったんだから、みんなで仲良くしていきたいじゃない？」1年5組で谷口イチオシＡＡランクプラスとされた美少女。いつも微笑んでいるような雰囲気で、なおかつ性格も良好。クラスで孤立しているハルヒにただ一人話しかけようとする優しさも持っている。成績も優秀で、ゴールデンウィーク明けにはクラスの委員長に就任。声もソプラノ。同性からも人気を集めている……。つまり、男子にとっては高嶺の花。クラスの女子の中心人物なのである。

　だが彼女の本質は、銀河を統括する情報統合思念体によって作られた対有機生命体コンタクト用ヒューマノイド・インターフェース。その中でも急進派に属し、ハルヒの出方を見るためキョンの殺害を図ったが長門に消されてしまった。『消失』の改変世界では、長門ともども普通の人間として登場。内気な長門をフォローする面倒見のいい同級生として美味しいおでんを長門とキョンにふるまう。さらに元の世界でも、長門が倒れている間に復活を遂げた。

　独断専行上等、統合思念体の判断も関係なし。彼女はみずからの意志で、自律進化の可能性を探し続ける。

RYOKO ASAKURA

SCENES PLAYBACK

「ハルヒって誰のことなの？」 ──「消失」P.42

ハルヒの存在が消え失せ、ハルヒがいたはずの席は朝倉涼子の席になっていた。かつて彼女はキョンを殺そうと迫ったが、長門によって消去されたはず。その彼女がまるで何事もなかったかのようにクラスに存在している……。キョンは絶望を覚える。本当に涼宮ハルヒは消えてしまったのか？「消失」序盤の戦慄シーン。

「この人間はわたしの獲物よ」 ──「驚愕（前）」P.38

天蓋領域のターミナル・周防九曜に迫られたキョン。その時キョンの背後から声が。そして逆手に握られたコンバットナイフの先端がキョンの喉元を正確に狙っていた。キョンは声の主を思い出す……。長門が倒れたことでバックアップとして華麗に復活した朝倉は、やはりナイフがお気に入りのようだ。前に九曜、後に朝倉の絶体絶命シーン。

デザインラフ

正体を知っていると逆に怖い、この朝倉スマイル。お気に入りナイフの設定は特に存在しないようだ。初期デザインでは髪の量多めのポニーテール風だったが、キョンがポニーテールに弱いという設定を配慮してか（？）サイドの髪を後ろで留めたダウンスタイルになった。

朝倉涼子を知るための必須用語解説

急進派《きゅうしんは》

情報統合思念体の意思は必ずしもひとつではなく、主流派（中道派）、急進派、穏健派、革新派、折衷派などいくつもの相反する意識を持つ。朝倉は急進派に属する。少数派だが行動は過激で、変化しない観察対象（ハルヒ）にアクションを起こさせたいという理由だけでキョンを殺そうとした。その時は長門によって消滅させられたが、長門が天蓋領域との高次元段階コミュニケーションという任務のため動けなくなると、バックアップとして復活。キョンに接近した天蓋領域の人型ターミナル・周防九曜に対し好戦的態度を見せる。なお古泉の「機関」は長門や朝倉、喜緑、九曜といった存在をＴＦＥＩと呼称しており（何の略称かは不明）、他のＴＦＥＩとの接触に成功しているらしい。

キョンくん、
がんばるにょろよ。
人類の未来はキミの肩に
かかってんだからねっ！
鶴《つる》屋《や》さん
TSURUYA-san

来歴

　長い髪にすらりとした体、整った顔立ち。だが白い歯を輝かせながらゲラゲラと大笑い。常にテンションが高く、やや変わった喋り方をする。みくるのクラスメイトであり「この時代で出来たお友達」。性格は明朗快活で成績優秀、みくるに近寄る不埒な男子は古武術めいた技で撃退！

　ＳＯＳ団の活動にも非常に協力的で、草野球大会には８番サードで参加、自主制作映画にもエキストラで出演した。また文芸部の機関誌では冒険小説「気の毒！　少年Ｎの悲劇」を提出し、読んだ者を皆抱腹絶倒させるという文才も披露。キョンは鶴屋さんを天才だと思っている。

　そんな彼女の実家はほとんど森といってもいいくらいの敷地の中にある大きな屋敷で、近くには私有山もあるという超お嬢様。別荘をＳＯＳ団の冬合宿に提供した功績を称えられ、ハルヒから「名誉顧問」と書かれた腕章を受け取っている。

　鶴屋家は古泉の機関のスポンサーをしており、鶴屋さん自身もハルヒや長門、みくるの異能に勘づいているようだ。しかし彼女はＳＯＳ団の活動を見守っているだけで十分だと語り、スポンサー的立場で楽しんでいるのだった。

SCENES PLAYBACK

「わお、一樹くんっ！　今日もいい男だねっ」

――「溜息」P.156

ＳＯＳ団の自主制作映画を撮影中、エキストラでやってきた鶴屋さん。キョンに矢継ぎ早に質問を浴びせてくる。作中の時系列ではこれより前に草野球大会の助っ人としてＳＯＳ団と関わりを持っているが、挿絵付き初登場シーンはこの場面となる。この時点での鶴屋さんはハルヒのことを涼宮さん、長門を有希ちゃんと呼んでいるが、後にハルにゃん、有希っこと呼ぶようになっている。

「スキー教室と雪ダルマとソリ滑りのどれがいい？」

――「暴走」P.219

雪の山荘にＳＯＳ団を招待してくれた鶴屋さん。だがキョンは合宿に行くところを妹に見つかってしまう。付いてきたキョンの妹を一同は歓迎するが、スキーの時にちょっとした問題が発生。最上級コースを滑りたいハルヒだが、みくるやキョンは無理矢理引きずっていけても、さすがに小学生の妹は連れていけない……すると鶴屋さんは妹の面倒見を引き受けて、雪ダルマ作りを開始。鶴屋さんの懐の深さがうかがえるシーンだ。

デザインラフ

こちらは厳密には鶴屋さんの初期デザインではなく「陰謀」でキョンとみくるが鶴屋家を訪ねた際に鶴屋さんが着ていた私服のラフスケッチ。挿絵では上半身しか描かれていないが、文中の「カジュアルな普段着ふう和服」はこんな感じにデザインされている。黒タイツがグッド。

鶴屋さんを知るための必須用語解説

鶴屋房右衛門《つるやふさえもん》

鶴屋家は数百年前から続く由緒ある家筋。鶴屋さんは次代の主で、房右衛門はその先祖である。房右衛門が元禄十五年に書いたという宝の地図を鶴屋さんから渡されたハルヒは、鶴屋家の所有する山で宝探しを開始。結局ＳＯＳ団の探索では何も出てこなかったが、事前にみくる（大）の指示で山に登り、ある石を移動させていたキョンは、後日鶴屋さんに、最初に石があった場所を掘ってみるよう勧める。するとそこには300年以上前の壺が埋まっていた。中には当時の地球の科学技術では加工不可能な、部品のようなものが。房右衛門は「何だか変なものを手に入れたが妙な胸騒ぎがするので山に埋める」と書き残していた。この謎のオーパーツは現在鶴屋家で厳重に保管されている。

キョン、キミは
変わってないな
佐《さ》々《さ》木《き》
S A S A K I

来歴

キョンが中学3年の時のクラスメイト。その年の春から同じ学習塾に通うようになり、席が近かったため親しくなった。キョンというあだ名から彼の本名を推理してみせた頭脳の持ち主。高校では市外にある私立の有名進学校に通っている。僕という一人称と堅苦しい喋り方を好むが、女友達とは普通に女性的な口調で話しているらしい。

ルックスは古泉曰く「十人中八人が一見して目を惹かれる、実に魅力的な女性」。しかしキョンは佐々木に恋愛感情を抱いたことはなく、佐々木もまたキョンを「親友」とカテゴライズしている。会話の中で哲学者の名前や心理学用語をたびたび引用するが、自分のことを「内向きの性格をしている上に平均以下の凡人」と自虐的に評している。

佐々木と再会したキョンは、彼女がハルヒのように神のごとき力を持つ可能性があったと知る。佐々木も閉鎖空間を作り出すことができるが、そこはクリーム色の光に満ち、安定した空間である。橘京子はハルヒの力を佐々木に移譲させようと目論んでいるが、佐々木はその話自体を面白く思っているだけで、力には興味がないようだ。

SCENES PLAYBACK

「じゃあ、キョン。
　また明日、学校で」

──「分裂」P.86

中学3年の時、同じ学習塾に通っていたキョンと佐々木。学校が終わると2人は一度キョンの家に行き、そこで自転車に乗って塾へ向かった。佐々木を荷台に乗せて走るのがキョンの習慣。塾が終わると2人は夜空の下、バスの停留所まで自転車を押しながら歩くのだった。周囲がどう見ていたかはともかく、それは彼らにとって親友と呼べるようになるだけの友情を育んだ時間だった。

「やあ。いい猫だ」

──「驚愕（前）」P.266

偽SOS団の問題で頭を悩ませるキョンの前に、一人で現われた佐々木。もちろん彼女は猫の素晴らしさについて語り合うため来たわけではなかった。京子や藤原の介入を警戒しつつ、キョンに直接会って一緒に問題を考えようとしたのである。……だが実は、彼女にはそれ以外にも個人的な相談事があった。佐々木だって十代の少女、親友に打ち明けたいプライベートな悩みがある。けれどこの時の彼女は、結局それをキョンに話さぬまま帰っていったのだった。

デザインラフ

少し落ち着いた感じの美人、とメモ。高校の制服のデザインについては『驚愕』(後)のカバーイラストを参照してほしい。ただ佐々木はブレザーの前を開けて着ておりエンブレムが若干見えにくくなっているので、ここにエンブレムのデザインをご紹介。中央はSの字がモチーフ。

佐々木
少しおちついた
かんじの美人
みたいな
イメージ。

佐々木を知るための必須用語解説　閉鎖空間《へいさくうかん》

閉鎖空間とは古泉の命名によるもの。それを作り出した主の内面世界を表わしているらしい。ハルヒの閉鎖空間は薄暗く不気味で、《神人》と呼ばれる青白い巨人が周囲の建物を破壊しまくっていた。破壊衝動の塊といえる《神人》を倒さなければ閉鎖空間は拡大し、現実世界を侵食してしまう。《神人》と戦ってそれを食い止め、また閉鎖空間の発生を未然に防ぐためハルヒを楽しませることが、古泉の仕事である。だが佐々木の生み出す閉鎖空間では、世界全体がぼんやりとした光に包まれ、空はセピア色のモノトーン。《神人》は存在せず、静寂に包まれている。橘京子はキョンに2人の閉鎖空間の違いを見せつけ、ハルヒの力を佐々木に移譲する計画に引き込もうとするのだった。

——今度は……
……間違えない——
あなたが…………それ
周防《すおう》九《く》曜《よう》
KUYOU SUOU

来歴

佐々木の紹介でキョンの前に現われた少女。光陽園女子の黒い制服、やたら長くて量の多い髪、たとえようもなく黒い硬質ガラスのような瞳。発言には「――――」や「…………」が異常に多く、常に眠そうで、会話の途中で姿を消してしまうこともある。一見まともな会話が成立するレベルではないが、たまにスイッチが入ったように話し出すこともあり、ある人物に対しては、猫が飼いたいと話したこともあるようだ。キョンには全く理解不能に思える九曜の発言の数々だが、佐々木は興味深く聞いている。その顔は長門以上に無機質。だがひとたび微笑むとどんな朴念仁でも一瞬にして一目惚れ病に罹患しそうな玲瓏な美しさを放つ。

彼女の正体は、統合情報思念体とはまた起源が異なる広域帯宇宙存在、天蓋領域の人型ターミナルである。長門のような情報統合思念体のヒューマノイド・インターフェースと対話するために造られたインタープリタ・プラットフォームだと考えられている。

キョンを挟んで朝倉涼子と対峙した時は、朝倉の作り上げた情報制御空間から身体情報の物理的次元変動をすることで脱出した。

SCENES PLAYBACK

「いかがなさいましたか？」

──「分裂」P.210

九曜、京子、藤原、佐々木の偽ＳＯＳ団とキョンの初会談。その最中、突然九曜がウェイトレスの手首を掴んだ（完全な無表情を前方に固定したまま、いつ腕を動かしたのか気配すら感じさせない状況で）。一方ウェイトレスはカップから中身を一滴もこぼさず落ち着いたまま。なんとウェイトレスは喜緑江美里だった。宇宙人同士の一触即発シーン。本格的宇宙人バトルは、この後に朝倉涼子の登場が嚆矢となって展開される。

「──昨日は────
ありがとう───」

──「驚愕（前）」P.139

長門のマンションの近くで九曜がキョンを待ち構えていた（？）事件の翌日。おなじみの喫茶店で再び偽ＳＯＳ団との会談が行われた。「強力な後ろ盾を失った気分はどうだ？　何かにつけてあんたの言いなりだったエイリアン端末は今は動けない」長門のことをそう言って冷笑する藤原と、長門が倒れた原因に違いない九曜。睨みつけるキョンに対し、九曜は何故か礼を述べる。完全に不意打ちを食らったキョンは絶句するのだった。

デザインラフ

デザインメモには「長門とは違った無表情。こちらの方が冷たく陰気なイメージ」とある。そして何より特徴的なのは、髪のボリューム。作中ではキョンがモップ頭、デッキブラシと形容しているが、この広がった髪自体が地球人の情報収集をしていそうに見えてしまう……。

周防九曜を知るための必須用語解説　天蓋領域《てんがいりょういき》

統合情報思念体とは起源が異なる広域帯宇宙存在。思考プロセスが違うために、通常の方法では相互理解は不可能とされる。統合情報思念体は「彼等は我々から見て天頂方向から来た」ことから「天蓋領域」と呼称している。天蓋領域の行動原理は理解不能。自律意識があるのかどうかすら、未だ論争の域を脱していない。天蓋領域は人型ターミナルである周防九曜を派遣し、インタープリタ・プラットフォームとして、統合思念体の対有機生命体コンタクト用ヒューマノイド・インターフェースと接触を図ろうとする。長門は高次元段階におけるコミュニケーション特別任務を遂行。言葉によらない高度な対話を行おうとする。キョンにはそれをただ見守ることしかできなかった……。

あたしは心から願ってるの。**世界の安定**を
橘《たちばな》京《きょう》子《こ》
KYOKO TACHIBANA

KYOKO TACHIBANA

来歴

見た目は雨が降るとブランド物の傘を使うような普通の女子高生。セールスレディのような笑みでウインクを飛ばし、未来人・藤原や宇宙人・九曜のまとめ役を買って出ている。その正体は「機関」の対立組織に在籍する超能力者だ。みくるを誘拐しようとしたり、キョンを懐柔しようとしたり、忙しく活動している。

４年前、彼女は力に目覚め、その力を与えた人物が佐々木であることを解ってしまった。佐々木を捜して彷徨ううち、仲間と巡り合ったという。ハルヒを神格視する「機関」は間違っていると主張。世界の安定を望み、ハルヒの力を佐々木に移譲すべきだと考える。

佐々木の閉鎖空間へ行くことが可能で、それなりに友好的な関係を育んでいるようだが、藤原や九曜には手を焼いているようす。

SCENES PLAYBACK

「んふっ。そんな顔しないでよ」

──「分裂」P.126

キョンと橘京子の初対面は、みくる誘拐事件の時。誘拐グループの紅一点でリーダーのように振る舞っていた。森園生に追い詰められ凄絶な笑みを向けられてなお平然としていた京子だが、再びキョンの前に現われた時も、平気な顔でニッコリ微笑みながら挨拶をしてきた。さらにキョンを自分の側に引き込もうとしてくる。このふてぶてしさは古泉と同じように超能力者だからなのか、それとも生来の性格からくるものなのか？

スクール・ゾーン
文
過去の現地民と共闘するほど僕は落ちぶれちゃいないさ
藤《ふじ》原《わら》
FUJIWARA

FUJIWARA

来歴

　初顔合わせからキョンが気に食わない野郎だと認定した男。キョンとみくるの捜し物を邪魔し、みくる誘拐事件の時にもグループ内にいた。酷薄そうな薄い唇をわずかに歪めて人を嘲笑する。キョンやＳＯＳ団に対してダイレクトに悪意を放つ人物。

　正体は、みくるの知らない未来人。みくるとは違う規定事項と禁則事項の時間軸から現代へ来ているらしい。彼が興味を持っているのはハルヒ自身ではなく、ハルヒの持つ時空改変能力のみ。ハルヒの力を佐々木に宿すことで、未来の選択肢を広げようとしている。過去の世界の人間と馴れ合う気はないらしく、佐々木や京子、九曜といても、自身の目的のためにしか行動しないと宣言してはばからない。その目的とは――。

SCENES PLAYBACK

「名前などただの識別信号だ」

――「分裂」P.184

佐々木の連絡を受けたキョンが、喫茶店で橘京子、周防九曜らと対面したシーン。相変わらずの皮肉面で座っている名無しの未来人野郎に、怒りをこらえながらキョンは言う。「まずは名乗りを上げてもらおうか」「それはあんたが朝比奈みくるを朝比奈みくると呼ぶくらい無意味なことなんだ。くだらない」「藤原とでも呼ぶがいいだろう」と語った彼。未来人は皆、この世界で偽名を名乗っているのだろうか？　謎は深まるばかりだ。

どうか、
ヤスミと呼んで
ください
渡《わた》橋《はし》泰《やす》水《み》
YASUMI WATAHASHI

YASUMI WATAHASHI

来歴

ハルヒの過酷な入団試験に合格した、唯一の生徒。ヤスミとカタカナで呼ばれたいらしい。セーラー服をダブつかせる小柄な身体で、鳥の巣のような髪形にスマイルマークみたいなデザインの髪留めを着用。陸上部に入れば中長距離走のインターハイも夢じゃないほどの体力を持ち合わせ、声量もコーラス部並み。元気体力のエネルギー量はハルヒに匹敵すると断言できるだろう。ハルヒが文化祭で歌った歌をハミングするほどＳＯＳ団を愛している。入団試験の解答によると「一番喋ってみたいのが宇宙人。一番仲よくしたいのが未来人。一番儲かりそうなのが超能力者。一番何でも有りだと思うのが異世界人です」とのこと。みくるから可愛がられ、古泉からも興味を持たれているという素晴らしい逸材。

SCENES PLAYBACK

「お待ちしていました っ！」

――「驚愕（後）」P.6

ＳＯＳ団入団初日のヤスミの第一声。輝く瞳を爛々とさせてヤスミは「今日からわたしはＳＯＳ団の一員です！　よろしくお願いします」深々と一礼する。溢れださんばかりの生命力をＳＯＳ団の部室に振りまき、キョンを圧倒するのだった。十万馬力のロボットもかくやと思えるヤスミのエネルギー源はなんなのかね、とキョンは呆れるが、その愛らしさにみくるはメロメロ。ハルヒもヤスミの有能ぶりにご満悦なのだった。

ナンパしようぜナンパ。私服着てる女が狙い目だぜ
谷《たに》口《ぐち》
TANIGUCHI

TANIGUCHI

来歴

キョンのクラスメイトで悪友。東中出身で、中学３年間ハルヒと同じクラスで、高校の年数も数えると都合５年間ハルヒと同じクラスである。キョンとは席がたまたま近くて昼食を一緒に食べるようになった仲。成績もキョンと同じくらい。女の子大好きで、同学年の女子をランク付けしたり文化祭ではナンパに勤しむ。ＳＯＳ団出場の野球大会や自主制作映画に巻き込まれては文句を言っている。文芸部の機関誌では「面白日常エッセイ」を執筆させられた。

高校１年の12月、ついに念願の彼女ができるがバレンタインデーを前に破局。高校入学当初はハルヒが中学時代に起こした奇行を挙げてキョンに警告していたが、今はハルヒの行動に付き合うキョンのことを、彼なりに応援しているらしい。

SCENES PLAYBACK

「……わおうっ!?」

――「驚愕（前）」P.172

激しく動揺する谷口。なぜなら彼が１ヶ月ほど付き合って別れた女子が、キョンと一緒にいたからだ。交際中、谷口は彼女のご所望でクリスマスプレゼントに腕時計まで贈っていた。年末年始にかけて、２人は健全な高校生カップルらしいデートを何度も重ねたらしい。それなのにある日突然、彼女は「間違えた」と一言残して去っていった……。ちょっと可哀想な気もするが、そんな谷口をキョンは称賛するのだった。

昔からキョンは**変な女**が好きだからねぇ
国《くに》木《き》田《だ》
KUNIKIDA

KUNIKIDA

来歴

　キョンのクラスメイトで、出身中学も同じ。中学時代は隣のクラスで同じ学習塾に通っていた。マニアックな洋楽好きで中学時代は放送委員。佐々木とはＣＤを貸し借りする仲だったらしい。ある人物に憧れて北高に進学、キョンや谷口とつるむようになる。成績は優秀で、２年で文系重視、３年生になってから理系重視一本で行くという学習計画を立てている。ＳＯＳ団が出場した野球大会に参加したり、自主制作映画でエキストラ出演、文芸部の機関誌にもコラムを寄稿とかなり協力的である。ちなみに昼食は弁当派で、いつもおいしそうなおかずを食べている。
　長門やみくる、九曜に対しては直感的に違和感を抱いているらしい。この鋭敏な感覚が今後の展開にかかわってくるかは不明だ。

SCENES PLAYBACK

「涼宮さん、コラム十二本は
　ちょっと多くない？」

――「憤慨」P.101

文芸部の存続をかけて、ハルヒたちは機関誌を作らなくてはいけなくなった。編集長となったハルヒは手当たり次第に執筆者を集めて原稿の提出を命じる。国木田に依頼されたのは「科目別役立ち学習コラム十二本」。ＳＯＳ団の騒動に巻き込まれるたび文句を言う谷口とは違って比較的協力的な国木田も、この時はさすがに控えめな抗議を。しかしちゃんと書くあたりがえらい。

我々の望みは**現状維持**です。
それでは不足でしょうか？

森《もり》園《その》生《う》／新《あら》川《かわ》

SONOU MORI / ARAKAWA

SONOU MORI / ARAKAWA

来歴

　メイドの衣装を着込んだ美しい女性と、三つ揃いの黒スーツに白髪白眉白髭の老紳士という年齢不詳コンビ。ある時は無人島の屋敷を切り盛りする家政婦と執事兼料理長として、ある時は冬山の別荘でミステリゲームに出演する役者として、またある時は誘拐犯を追跡する交渉人＆運転手として。古泉と連携し、陰日向になってハルヒやキョンを守るコンビである。

　正体は言うまでもなく「機関」のメンバー。超能力の有無は不明だが、新川は料理が得意で国際レースレベルのドライビングテクニックと船舶免許を持つ。森はひとたび敵と対峙すれば相手を圧倒するほどの迫力の持ち主。森は古泉や新川を敬称抜きで呼んでおり、「機関」内の序列や上下関係を含めてまだまだ謎多きコンビだ。

SCENES PLAYBACK

「まさか、新川さんと森さんが犯人なの？」

──「動揺」P.215

夏に引き続き、ＳＯＳ団の冬休み合宿で古泉主催のミステリゲームに参加した森＆新川。２人は別荘の使用人役を務めた(実際にもかいがいしく働いていたが)。夏と同じく被害者役は多丸圭一。探偵役のハルヒは2人のアリバイを事情聴取。犯人ではないという判断を下す。ハルヒを楽しませるため、機関の有能なメンバーたちはあくまで真面目にアリバイを答えるのだった。

わたしに課せられた制限が
逸脱を阻むのです
喜《き》緑《みどり》江《え》美《み》里《り》
EMIRI KIMIDORI

EMIRI KIMIDORI

来歴

ＳＯＳ団の悩み相談者第一号として初登場した、みくるの隣のクラスの清楚な上級生。失踪した彼氏——コンピュータ研究部の部長の捜索をＳＯＳ団に依頼する。だが部長に話を聞くと、喜緑江美里は彼女ではなかったことが発覚。その後、生徒会の書記として再登場し、生徒会長の右腕として付き従う姿を見るようになる。

その正体は情報統合思念体に造られた対有機生命体コンタクト用ヒューマノイド・インターフェース。長門のバックアップである朝倉涼子が消去されたため、行動を開始したのだとキョンは予想している。長門が倒れてから自律判断基準の一部を移譲され、統合思念体の総意として地球上で行動することも承認されている。天蓋領域のターミナル・周防九曜を監視中だ。

SCENES PLAYBACK

「喜緑くん、例のものを」
「はい、会長」

——「憤慨」P.129

ＳＯＳ団の前に再び現われた喜緑。以前はＳＯＳ団の悩み相談者第一号だったが、この時はＳＯＳ団（というかハルヒ）の宿敵である生徒会の執行委員兼書記として登場。「今思うと、本当は最初からお付き合いしていなかったようにも思える、それは遠い記憶です」彼氏だったはずのコンピ研部長について、そう語る喜緑。ハルヒは「まあ、若いしね、いろいろあるわ」と結論づけたのだった……。

文句があるかね。ならば言ってみるがいい。**聞くだけは聞いてやろう**
生《せい》徒《と》会《かい》長《ちょう》
Student body president

Student body president

来歴

なんかエラそうなイイ男、三国志で言えば司馬懿みたいな感じがするっさ――というのは鶴屋さんの弁。眼鏡をかけた長身のハンサムで、意味もなく尊大そうな上級生。11月の生徒会会長選挙で当選した彼は、生徒が望むならどんな瑣末なことも議題にかけ、学校サイドとかけあって実現の道を歩ませようと思っているらしい。

そんな彼にとって文芸部室を占拠している非公認組織のＳＯＳ団は目の上のたんこぶ。活動をしていない文芸部の休部措置を図ることで、部室の保全と異物の排除を図ろうとする。当然ハルヒは激昂し、ＳＯＳ団対生徒会の戦いが始まった……。

そんな生徒会長の正体は、古泉の「機関」の関係者。ハルヒが待ち望んだ悪役として生徒会長を演じる、学内協力者だった。

SCENES PLAYBACK

「まったく面倒くせえ。
　こっちの身になれってんだ」　――「憤慨」P.57

ハルヒの前ではあくまで堅物の表情を崩さなかったのに、ハルヒが去った途端に態度を豹変。ダテ眼鏡を外してタバコに火を付ける。挙げ句にハルヒを「あの頭のニギヤカな女」呼ばわり。ルックス優先で古泉がセレクトした生徒会長の素顔は、案外ざっくばらん（？）な性格の男だった。

あ、キョンくん。
お風呂出たら宿題教えてね。
さんすう～どりーる～ん
キョンの妹《いもうと》
KYON's younger sister

KYON's younger sister

来歴

キョンの妹は小学５年生（『分裂』から小学６年生）。だが低学年にしか見えない幼い容姿をしている。兄のことを「キョンくん」、ハルヒのことを「ハルにゃん」と呼び、キョンが連れてきた三毛猫のシャミセンを「シャミ」と呼んでいる。学力はキョン同様芳しくなく、よくキョンが宿題を手伝っているらしい。同級生のミヨキチ（吉村美代子）と仲が良く、ミヨキチは大人びた美人に成長しているにもかかわらず、一向に成長しない妹の姿にキョンは嘆くばかり。家にかかってきた電話に出ても、相手の名前を聞いていないことが多い。ＳＯＳ団に召喚されることもあり、アマチュア野球大会には５番レフトで出場、自主制作映画ではエキストラ出演、冬休み合宿にも同行した。兄と同様、本名はいまだ明かされていない。

SCENES PLAYBACK

「おかーさーん。キョンくんがー
　頭おかしくなってるよー」

――「消失」P.71

キョンの妹は、飼い猫のシャミセンが大好き。いつもシャミセンが嫌がるほど可愛がっている。愛らしさ満点のシーンだが、この時の状況はかなりシリアス。改変された世界で、キョンは人語を喋れるようになっていたはずのシャミセンと会話しようとするが、必死なキョンを妹はからかう。妹の記憶では、シャミセンはキョンが外国に行くトモダチからもらったことになっていた。

その他の登場人物

コンピ研《けん》部《ぶ》長《ちょう》

　SOS団設立当初、真っ先にハルヒの被害者となったコンピュータ研究部（通称コンピ研）の部長。コンピ研部室の二軒隣が文芸部室だったのが運の尽き。みくるへのセクハラ写真をハルヒにねつ造され、最新パソコンを奪われた。その後もSOS団エンブレムのせいで覚醒した情報生命体に取り憑かれたり、ゲーム勝負を挑んでインチキを見抜かれたりと不幸が続く。だがインチキを見抜いた長門のことは非常に尊敬している。

■ドロップキック直撃！完全にやられキャラとなっている可哀想な部長

阪《さか》中《なか》

　キョンとハルヒのクラスメイト。球技大会のバレーボールでは、アタッカーのハルヒと息のあったセッターを務めている。「自宅の近くに幽霊が出ると噂の場所がある」とSOS団に捜査を依頼。

　自宅は高級住宅街にあり、ウェストハイランドホワイトテリアのルソーを飼っている。幽霊（正体は宇宙から飛来した情報生命素子）のせいで元気のなくなったルソーを見事治療してくれたSOS団に、多大な感謝をする。

■ルソーを散歩に駆り出す３人娘＋阪中。坂中はおっとりお嬢様キャラだ

多《た》丸《まる》圭《けい》一《いち》・裕《ゆたか》

古泉の母親の従兄弟筋、という設定で登場した中年男性の兄弟。キョンによれば圭一は人の良さそうな顔で、裕は好青年顔。彼らもまた機関の構成員である。ハルヒの前ではベンチャー企業を経営する大富豪の兄弟として無人島での殺人事件を見事に演出してみせた。冬に鶴屋さんの別荘で再びミステリー企画が行われた時も、客として登場している。みくる誘拐事件の時は、警官の服装でパトカーを運転して追跡。森園生や新川と協力して、様々な局面で古泉をサポートしている。彼らが本当に兄弟なのか、本名や超能力者としての能力があるのかは分かっていない。

圭一

裕

岡《おか》部《べ》

キョンとハルヒのクラス担任。一年五組、二年五組と続けて担任をしている。部活ではハンドボール部の顧問を務め、またキョンや谷口のような成績不振の生徒と昼休みに個人面談をするなど、生徒思いで知られる。

中《なか》河《がわ》

キョンの中学三年の時のクラスメイト。現在は私立の男子高に通い、アメフト部所属。キョンと歩いていた長門を見かけて一目惚れし、キョン経由で必死に思いを伝えようとする。だがその結果は残念なものに……。

ハカセくん

眼鏡をかけた小学四、五年くらいの小柄な男の子。ハルヒの家の近所に住んでおり、ハルヒが臨時家庭教師をしているらしい。交通事故に遭いそうになっていたところを、キョンが救う。

事故を回避した後、少年の名前を聞いたみくるは絶句。禁則事項のためキョンには説明されなかったが、少年が成長すると、みくるのいた未来では誰もが覚えているほど歴史に名を残す人物になるらしい。

また後日、キョンはみくる（大）から指令を受けて川に放す予定だったゼニガメを、彼にプレゼントする。みくる（大）によるとこれもまた必然だったようだ。「あの子はあの時、二人の男女から亀をもらったことをずっと覚えていました。男の人が亀を川に投げ入れたとき生まれた波紋や、ぼんやりと流れていく波紋。亀は長生きして、あの人はその亀を見るたびにその様子を思い出すことになります」それがきっかけで、一つの基礎理論が生まれるらしい。おそらく時間遡行に関する理論なのだろうとキョンは考えている。

シャミセン

ハルヒが自主制作映画の撮影に使うため、長門のマンションの裏で捕まえた貴重なオス三毛猫。ハルヒから不吉な命名をされた彼はキョンが家に連れ帰ろうとすると、渋い声（朗々たるバリトン）で日本語を話し始めた。哲学的に語りかける猫に、キョンも唖然。ハルヒの願望実現能力によって知性が与えられたらしい。だが映画の撮影が終わると喋らなくなり、その後はキョンの家の飼い猫として、妹の遊び相手を務めている。

大森栄《おおもりえい》二郎《じろう》、山土《やまつち》啓治《けいじ》

北高の最寄り駅から私鉄で三駅ほど離れたところにある商店街のオッサンたち。大森さんは大森電器店、山土さんはヤマツチモデルショップの店長。SOS団の自主制作映画にビデオカメラとモデルガンを提供し、その見返りとして映画の中でバニー姿のみくるによるCMが入ることとなった。

第二章 各巻詳解

「憂鬱」「溜息」「退屈」「消失」「暴走」「動揺」「陰謀」「憤慨」

「分裂」「驚愕」と現在刊行中の全作品を徹底解説。

全て通して読むと見えてくる新たな事実にも注目。

涼宮ハルヒの憂鬱《ゆううつ》

01

初版発行
2003年6月10日
本体価格
514円

すずみやはるひのゆううつ

ただの人間には興味ありません。この中に宇宙人、未来人、異世界人、超能力者がいたら、あたしのところに来なさい。以上

【解説】

記念すべきシリーズ第一作となる長編で、谷川流のデビュー作。二〇〇三年二月に発表された第八回スニーカー大賞の大賞受賞作を加筆・修正している。二〇〇九年六月十五日には角川つばさ文庫版として一部の漢字にルビがついたものが発売された。

本作は主人公・キョンの語りによって描かれる学園ストーリー。自由奔放なヒロイン・涼宮ハルヒによって結成されたSOS団結成の物語が描かれる。その部員はなんと超能力者、宇宙人、未来人。オカルト&SFの王道御三家が顔を揃えてしまう。それぞれが怪しげな言動を重ねるため、彼らの正体がただの人間なのか異人なのかわからない、ミステリーテイストな筆致が独特のテイストを醸し出す。学園生活を描きつつ、宇宙人とのファーストコンタクトやタイムパラドックス、閉鎖空間へのアプローチなどハードSFをモチーフにしている点も特徴的だ。

委員長の優等生・朝倉涼子の登場や、長門と図書館に訪れるエピソードなど、のちのシリーズにおける重要エピソードも多い。なおキョンの口癖の「やれやれ」というセリフは、意外にも本作で一度しか使われていない。

【ストーリーチャート】

●プロローグ

サンタクロースは信じていなかったのに、宇宙人や未来人や幽霊や妖怪や超能力が存在しないと気付いたのは、ずっと後になってからだった。誰もが一度は体験する空想の世界との決別。だが高校に入学した時、運命を変える出会いが起きた……。モノローグで構成されるイントロダクション。以後本シリーズは全てキョンの語りによって描かれていく。

●第一章

高校一年生の四月。長い登り坂の頂にある北高へ入学したキョンは、クラスの自己紹介である少女の言葉に衝撃を受ける。彼女の名は涼宮ハルヒ。日々髪形を変え、人の目を気にせず、次々とクラブへの仮入部と退部を繰り返すというエキセントリックなハルヒと、キョンはいつしか言葉を交わすようになっていた。そして部活動の話をしている時、ハルヒはあることを思いつく。

●第二章

五月、ハルヒは新しいクラブを作るため動き始めた。文芸部の部室を占拠すると唯一の文芸部員である長門有希を部員化。翌日、上級生の朝比奈みくるを無理やり連れてきて「世界を大いに盛り上げるための涼宮ハルヒの団」略してSOS団を結成。翌日はコンピュータ研究部から最新パソコンを強奪、キョンにウェブサイト作成、みくるにバニーガール姿でのチラシ配りを命じるのだった。

●第三章

五月中旬、ハルヒが待ち望んでいた謎の転校生、古泉一樹が登場する。たちまちSOS団に溶け込む古泉（図1）。キョンは長門から借りた本の中にメッセージを発見し、放課後長門の部屋へ行く。長門は自身が銀河を統括する情報統合思念体によって造られた対有機生命体コンタクト用ヒューマノイド・インターフェースだと告白する。彼女の目的はハルヒの観察。到底信じられず、キョンはその場を去る。

●第四章

（図1）

五月中旬の土曜日、SOS団の活動として第一回不思議探索パトロールが実施された。みくるとコンビを組

（図2）

んだキョンは、今度はみくるから驚きの告白をされる。彼女はこの時間の人間ではなく、未来人だった。

●第五章

週が明けて月曜日。今度は古泉から告白をされるキョン。彼は『機関』に所属する超能力者だった。機関はハルヒを神とあがめ、神であるハルヒが願ったから宇宙人、未来人、超能力者が揃ったのだという。キョンだけが唯一の普通人で謎だと言われ、呆れるキョン。そんな中、何者かがキョンを呼び出す。現われたのは優等生の朝倉涼子。彼女は長門とは違う派閥に属する宇宙人のインターフェースだった。彼女はキョンを殺害してハルヒの反応を見ようとする（図2）。だが長門が登場し、朝倉を消去した。

●第六章

火曜日。キョンの前に、さらなる未来からやってきた朝比奈みくる（大）が現われ、不思議なヒントを与える。放課後、突然転校した朝倉涼子についてキョンを調査に付き合わせるハルヒ。帰り道、ハルヒはある思いをキョンに語る。キョンを待っていた古泉が、ハルヒが無意識に作りだしているという「閉鎖空間」をキョンに見せる。それは謎の巨人《神人》が暴れる破壊の場所だった。

●第七章

水曜日、不機嫌度を高めているハルヒ。その晩キョンは、ハルヒとともに閉鎖空間に飛ばされていた。赤い光球と化した古泉が現われ、ハルヒが新たな世界を作りだそうとしているという。パソコンを通じて長門からメッセージを受け取りヒントを思い出したキョンは、ハルヒの前に立ち――（図3）。

●エピローグ

無事帰還したキョンを出迎えた古泉、長門、みくる。キョンはSOS団を正式に認可してもらうため生徒会へ書類を提出。そしてハルヒは変わらぬ様子で第二回不思議探索パトロールの予定を立てていた。

（図3）

涼宮ハルヒの溜息《ためいき》

02

初版発行
2003年10月1日
本体価格
514円

あたしたちSOS団は、映画の上映会をおこないます！

【解説】

前作から四ヵ月後に発売されたシリーズ二作目となる書き下ろし長編。ＳＯＳ団結成から半年後、文化祭用の自主映画撮影の顛末が描かれる。

今回はハルヒの持つ不思議な力をフォーカス。無自覚に現実を改変してしまう、ハルヒの能力が暴走し、フィクションであるはずの映画が現実を侵食し始める。注目は、キョンがハルヒに対して初めて激怒するシーン。怒りから反省、共感へと変わるキョンの心の動きが甘酸っぱい。

この巻から登場する注目キャラは、みくるのクラスメイト・鶴屋さんと三毛猫のシャミセン。それぞれの独特なセリフ回しがＳＯＳ団の会話に新しい空気を吹き込んでいる。

監督、大監督、超監督と出世魚のようにレベルアップしていく腕章を装備するハルヒは撮影中に『大脱走』のテーマや『天国と地獄』のサビ、『ロッキー』のテーマ、マリリン・マンソンの『ロック・イズ・デッド』、ブライアン・アダムスの『18 till I die』のサビをハミングしてノリノリのご様子。なお、本作でキョンは「やれやれ」という口癖を発言として一回、モノローグで二回使っている。

【ストーリーチャート】

●プロローグ

「宇宙人や未来人や超能力者なんてのはね、すぐそこらへんに転がってなんかはいないのよ!」半年前、五月に実施された第二回「SOS団、市内ぶらぶら歩きの巻（仮称）」の時のことを回想するキョン。参加人数はハルヒとキョンの二名。キョンはハルヒにSOS団員の秘密を明かしたが、そういう時に限って常識的なハルヒはキョンの言葉を全く信じない。そして遅刻してきたのに財布を忘れたといって、喫茶店の支払いもキョンがしたのだった。

●第一章

「文化祭よ、文化祭。あんたももうちょっとテンションを高くしなさいよ」季節は秋。SOS団が陸上部やラグビー部を蹴散らし、クラブ対抗リレーで一位を獲った体育祭から一ヵ月後、文化祭が近づいていた。SOS団の出し物は映画の上映会に決定。前の晩テレビで観た映画に不満を覚えたハルヒは、自ら撮ることを思いついたのだ。総指揮／総監督／演出／脚本＝涼宮ハルヒ、主演女優＝朝比奈みくる、主演男優＝古泉一樹、脇役＝長門有希、その他雑用＝キョン。そしてスポンサー探しが始まった。

●第二章

「あたしはSOS団代表監督として娯楽に徹することに決めたの」翌日の放課後、ハルヒは商店街を回って映画の制作費を出してくれるスポンサーを探す。あっけなく協力店が見つかり、翌日ハルヒはウェイトレスの衣装を調達するとみくるに着せ(図1)「戦うウェイトレス　朝比奈ミクルの冒険（仮）」と名付けた映画の撮影を開始する。最初に撮影した映像はスポンサーを名乗り出た商店街の店のCMだった。みくるは引きつり笑顔でセリフを棒読み。

●第三章

「ミクルビームよ。それを出すの」土曜日。バスに揺られハイキングコースを登り、やってきた場所は森林公園広場。撮影場所も脚本も、全ては超監督・涼宮ハルヒの頭の中。戦うウェイトレス・朝比奈ミクルと悪い魔法使いの長門ユキが対決する物語らしい。みくるはハルヒの指示に従い、ビームを放つ演技をす

(図1)

（図2）

る。すると長門が被弾。本当にビームが出ていたのだ。ハルヒの力により、現実が変化し始めてしまう。

●第四章

「何が気に入らないって言うのよ！　あんたは言われたことしてればいいの！」明けて日曜の撮影は鶴屋さん、谷口、国木田も参加。ハルヒの暴走は留まるところを知らず、みくるは超振動性分子カッターまで放つように。ハルヒはみくるを池に投げ込む指示を出し、みくるはずぶ濡れ。鶴屋さんの家で暖をとるが、そこでもハルヒは撮影を続行、古泉とのラブシーンを強要する。我慢できなくなったキョンは怒り（図２）、ハルヒに拳を振り上げてしまう。

●第五章

「この映画は絶対成功させよう」月曜日。ハルヒとキョンは冷戦状態のまま。だが撮影に参加させられた谷口の愚痴を聞くうち、むしゃくしゃした想いを抑えきれなくなったキョンは、ついにハルヒに声をかける。あっという間に元気になったハルヒに呼応して、季節外れの桜は咲き乱れ、三毛猫は喋り出した（図３）。映画のフィクションが現実を浸食していた。その状況に危機を感じた古泉は、キョンに忠告をする……そんなこんなで撮影はクランクアップ。金曜の夜、キョンとハルヒは徹夜で編集作業をする。明けて土曜の朝、映画は完成。そのエンドロールには、全てをキャンセルさせるための魔法の仕掛けが施されていた。

●エピローグ

　文化祭が始まった。ＳＯＳ団は未公認組織のため文化祭のプログラムには載らないが、製作した『朝比奈ミクルの冒険 Episode 00』は視聴覚室で上映された。ハルヒが変えてしまった世界は全て元通りになり、フィクションとして収まった。バニーガール姿のハルヒは校門でチラシを撒き、キョンはＳＯＳ団団員たちのクラスの出し物を見て回るのだった。

（図3）

03

涼宮ハルヒの退屈《たいくつ》

初版発行
2004年1月1日
本体価格
514円

おっと失礼。つまりはですね。
涼宮さんの今回のテーマは、そのような
ミステリ的状況の当事者となることなのです

【解説】

雑誌「ザ・スニーカー」に掲載された短編三作と書き下ろしの一作をまとめた巻。『憂鬱』と『溜息』の間に起きた約半年の事件を描いている。SOS団が市民野球大会に出場し、その異能ぶりを発揮するエピソード『涼宮ハルヒの退屈』（初出：「ザ・スニーカー」二〇〇三年六月号）、全ての起点となる、ハルヒの中学一年生時代に起きた転機を描くタイムパラドックス・エピソード『笹の葉ラプソディ』（「ザ・スニーカー」二〇〇三年八月号）、長門以外の地球外生命体とのコンタクトを描くSF的なエピソード『ミステリックサイン』（「ザ・スニーカー」二〇〇三年十月号）、そしてSOS団の夏休みを新本格テイストで描いた『孤島症候群』（書き下ろし）を収録している。夏休み合宿の企画立案を称えられ、古泉は副団長に就任。新キャラクターとしてはSOS団に行方不明の彼氏の捜索を依頼する喜緑江美里や、古泉の「機関」の他のメンバーが初登場する。なおボードゲーム好きの古泉はオセロやチェス、詰将棋、ダイヤモンドゲームなどをSOS団の部室に持ち込み、キョンとの対戦を好む。キョンは「やれやれ」という口癖をモノローグで五回口にしている。

【ストーリーチャート】

●プロローグ

春先のSOS団発足記念日から約半年が過ぎた。これまで数々の理不尽かつ不条理な事件をくぐり抜けてきたキョン。ハルヒは常に愉快なことで満たされないと、決まってロクでもないことを思いつく。そして周囲の人々を巻き込んで、事件を起こしてしまう。キョンはそんなハルヒに今もなお振りまわされ続けていた。今回は、ハルヒの退屈しのぎから始まったアレやコレやが紹介されていく。

●涼宮ハルヒの退屈

「いいでしょ野球。言っとくけど狙うのは優勝よ！」高校一年の六月、ハルヒは市内アマチュア野球大会に出場することに決定する。長門、みくる、古泉、そしてキョンは当然出場。クラスメイトの谷口と国木田、キョンの妹、みくるの同級生・鶴屋さんまでもが参加することになった。アミダクジで決まったスターティングメンバーは、一番ピッチャー・涼宮ハルヒ。四番セカンド・キョン。対戦相手は大学の野球サークル「上ヶ原パイレーツ」。ハルヒが素晴らしい好投を見せる（図1）がSOS団の守備はザル。三回終わって〇対七。その時、古泉の携帯電話にメールが入る。不機嫌になったハルヒが閉鎖空間を作り始めたという。ハルヒの機嫌が直らない限り、閉鎖空間で《神人》が暴れることに。懸命にプレイするキョンの前で古泉は長門にある秘策をささやくのだった。

●笹の葉ラプソディ

「あんた名前は？」「ジョン・スミス」「……バカじゃないの」高校一年の七夕の日。ハルヒたちは笹の葉に願い事を記すことに。その日の放課後、キョンは長門から一枚の短冊を渡される。そしてみくるから「三年前の過去へいっしょに行って欲しい」と頼まれるのだった。朝比奈さんが未来人であることを信じ切れないキョンは同行を承諾。初めての時間移動を体験する。目が覚めると、そこは夜の公園。みくるは眠りに落ち、やがて大人びた朝比奈みくるが現われる。みくる（大）の指示に従い、キョンは中学校へ。そこには、まだ中学一年生のハルヒがいた（図

（図1）

（図2）

2)。そのハルヒに命じられ、キョンは校庭に意味不明の図形の落書きをする。別れ際、キョンは自らを「ジョン・スミス」と名乗る。その後目を覚ましたみくる（小）。彼女はTPDD（時間移動をするためのシステム）を失くしていた。泣き出すみくる。その時キョンが思い出したのは、長門から渡された短冊だった。

●ミステリックサイン

「我がSOS団に、行方不明中の彼氏を捜して欲しいというのね」一学期末の試験期間中もSOS団は通常営業。ハルヒはSOS団のエンブレムをデザインし、SOS団サイトのトップに表示するようにキョンに命じる。だが更新後、サイトがクラッシュ。その時部室に一人の少女が現われた。喜緑江美里、彼女は行方不明になった彼氏の捜索をSOS団に依頼する。彼氏とはコンピ研の部長だった。ハルヒたちは部長のアパートを訪ねるが、誰もいない。ハルヒは帰宅するが、他の団員はこの空間に違和感を訴える。四人は異空間の中に侵入、情報生命体の亜種と遭遇する。どうやらハルヒの作ったエンブレムに反応して目覚めたらしい……。

●孤島症候群

「孤島なのよ！　しかも館よ！　またとないシチュエーションじゃないの。あたしたちが行かずに誰が行くって感じだわ」夏休み初日からSOS団は合宿を実施することになった。場所は古泉の遠い親戚が持つ無人島。島の別荘には持ち主の多丸圭一と裕の兄弟、執事の新川、家政婦の森園生がいた。SOS団は島でバカンスを満喫。一日目はビーチで遊び（図3）、二日目は館で宴会。ところが豪雨吹き荒れる三日目に事件が発生した。裕が行方不明、圭一は密室状態の自室でナイフを突き立てられて発見。犯人は誰か。密室のトリックは。ハルヒたちの推理が始まる……そして導き出されたのは、意外な真相だった!?

（図3）

04

涼宮ハルヒの消失《しょうしつ》

初版発行
2004年8月1日
本体価格
514円

私はあなたに会ったことがある 覚えてる？ 図書館のこと

【解説】

書き下ろし長編。『退屈』に収録されていた短編『笹の葉ラプソディ』とリンクし『陰謀』へとつながっていく、シリーズ全体のターニングポイントにもなる作品。劇場版アニメーションにもなり、観客動員数五十五万人を超える大ヒットを記録した。

何者かによって改変された世界は、宇宙人も未来人も超能力者も存在しない「ありえたかもしれない日常」。頬を赤らめる普通の少女になった長門有希。キョンのことを知らない朝比奈みくる、美人の優等生として長門をサポートする朝倉涼子。平和な学園の日常に心惑わされながらも、キョンはSOS団の「非日常」の痕跡を求めて彷徨う。本作を通じてキョンは自分が本当は何を求めていたのかを自覚する。「この物語の主人公」である覚悟を飲みこむエピソードだ。『憂鬱』で早々に消去されたはずの朝倉涼子の復活、谷口に彼女ができていたり、長門が大きく変化しているなど、これらは後に『驚愕』でも絡んでくる重要なポイントとなっている。ボードゲーム好きの古泉はTRPGに手を出した様子。キョンは『射手座の日』の時に封印したはずの口癖「やれやれ」を再び使っている。

【ストーリーチャート】

●プロローグ

「そういうことで、SOS団クリスマスパーティの開催が全会一致で可決されました」きたる十二月二十四日、SOS団クリスマスパーティが実施されることになった。ハルヒは早くもクリスマスグッズを部室に持ち込み、みくるにサンタのコスチュームを着させ、キョンと古泉は微笑ましく見守る。翌日、キョンは谷口をSOS団クリスマスパーティに誘うが、谷口は一蹴。光陽園女子の一年生と付き合いはじめたと自慢する。

●第一章

十二月十八日、学校に行くとクラス中に風邪が蔓延していた。ハルヒもいない。谷口は早退してしまった。その時、一人の少女が遅刻して来る。それはいないはずの人物、かつて消失した宇宙人のエージェント・朝倉涼子だった。「ハルヒって誰のことなの?」朝倉はハルヒのことを知らず、ごく普通の優等生としてキョンに接する。キョンは古泉を探すが一年九組は消滅。みくるもキョンのことを知らなかった。焦燥のキョンは文芸部室へ。そこでは、眼鏡をかけた長門有希が、一人で本を読んでいた。

●第二章

十二月十九日、キョンは文芸部室へ向かう。長門は普通の少女になっていた。キョンはヒントを求め、パソコンや本棚を探る。するとかつて長門に借りた海外SF小説に栞が挟まれ、メッセージが書かれていた。『プログラム起動条件・鍵をそろえよ。最終期限二日後』その後キョンは、ひょんなことから長門のマンションを訪問。そこでキョンは、長門の秘めた想いを知る。見たことのない長門の表情に戸惑うキョン(図1)。そこに朝倉涼子が現われた。朝倉涼子はキョンを牽制するような発言を残す。

●第三章

十二月二十日、風邪から復帰してきた谷口の言葉から、ハルヒの居場所が判明。キョンは光陽園学院へ向かう。そこにはハルヒと古泉がいた(図2)。キョンはことのあらましを二人に語る。不思議現象に興味を持ったハルヒは北高へ。書道部のみくるをむりや

(図1)

（図2）

り連れ出すと文芸部の部室へ行く。ハルヒ、古泉、みくる、長門、そしてキョンが部室に揃った時、パソコンが起動。キョンは覚悟を決めてキーボードを叩く。

●第四章

キョンが目を覚ました時間は三年前の七月七日、中学一年生のハルヒとキョンが出会った日だった。キョンは時間を超えてきたみくる（小）と自分を見つけ、みくる（大）と再会（図3）。「世界を大いに盛り上げるためのジョン・スミスをよろしく！」中学一年生のハルヒに声をかけ、三年前の長門のマンションへ向かう。三年前の長門は世界が改変されたことを知っていた。キョンは長門の助けを得て、世界が改変される前の時間へ移動する。

●第五章

十二月十八日午前四時十八分、世界改変直前。キョンは世界を改変した犯人を見た。そしてその行動の理由を悟る。断腸の思いで、犯人に再修正プログラムが入った短針銃を突きつけるキョン。その時、凶刃がキョンを襲った。地面に倒れ、気が遠くなっていく中、誰かがささやく声をキョンは耳にする。

●第六章

十二月二十一日、キョンは病院のベッドにいた。古泉によると、何者かに階段から突き落とされて入院していたらしい。ハルヒはキョンを心配して寝袋で付き添っていた。目を覚ましたキョンに、ハルヒは怒りながら喜び、みくるは嬉し泣き。そして深夜、長門が一人で見舞いに来る。事件について語り合う二人。長門は静かに、キョンへ感謝の言葉を伝えた。

●エピローグ

十二月二十四日。元通りの世界が始まった。キョンはいつの日かもう一度時間移動をして過去の自分を助けなければならない。だがそれは別の話。キョンにとって目下の問題は、クリスマスパーティの鍋大会とトナカイのかぶりものをしての余興なのだった。

（図3）

涼宮ハルヒの暴走《ぼうそう》

05

初版発行
2004年10月1日
本体価格
514円

失った時間は決して取り戻すことは出来ないのよ。だから今やるの。このたった一度きりの高一の夏休みに！

すずみやはるひのぼうそう

【解説】

「ザ・スニーカー」に掲載された短編二作と書き下ろしの一作をまとめた巻。高校一年生の夏、秋、冬に起きた事件を点描している。キョンたちが迷い込んだ、終わらない夏休みを描く『エンドレスエイト』（初出:「ザ・スニーカー」二〇〇三年十二月号）、SOS団がコンピュータ研究部とゲームで対戦する『射手座の日』（「ザ・スニーカー」二〇〇四年四・六月号）、冬休みに雪山で遭難したSOS団が不思議な館に迷い込むミステリアスなエピソード『雪山症候群』（書き下ろし）の三本を収録。

新キャラクターの登場はないが、SOS団のメンバー全員がキョンの家に行くなど、それぞれの関係性はさらに深くなっている。長門はコンピ研のプログラムを解析した腕を買われ、コンピ研の準部員に入部。また、冬休み合宿への貢献が称えられ、鶴屋さんはSOS団の名誉顧問に就任した。なお、古泉はポーカー、囲碁、バックギャモンをプレイし、ボードゲーム愛好家ぶりを見せる。みくる用の新たなコスチュームとしてはアマガエルの着ぐるみが追加。キョンは「やれやれ」という口癖を封印。代わりに古泉に言われてしまっている。

【ストーリーチャート】

●序章・夏

SOS団の夏休み合宿は終わったが、キョンの夏休みはたっぷり残っていた。学校の課題の山を残したまま、キョンの生活リズムは昼過ぎまで寝続けるモードに切り替わってしまう。八月に入り、キョンは妹と二週間ほど田舎へ行き、イトコやハトコや甥や姪と川や海や山や草原で存分に遊び倒す。そして八月が半ば過ぎようとしていた頃、人知れず時空を揺るがす事件が始まる。

●エンドレスエイト

お盆が過ぎた頃、ハルヒから電話が入る。ハルヒは残り少ない夏休みを満喫しようとしていた。市民プールへ行き、浴衣を買い、盆踊りへ（図1）。花火、昆虫採集、アルバイトでカエルの扮装……。遊び疲れていると深夜に電話が。泣きじゃくるみくると古泉に呼び出され、キョンは自分たちが終わらない二週間の中にいることを知った。八月三十一日を終えると全てがリセットされ、十七日から再び夏休みが始まる。長門によれば、繰り返した回数は既に一万五千四百九十八回に及んでいた。ハルヒの願いは何なのか、どうすれば夏休みを終わらせられるのか、キョンのとった行動とは……。

●序章・秋

文化祭が終了した十一月下旬。初監督作品で一応の興行成績を上げたハルヒのテンションは落ちることがなかった。だが生徒会会長選挙ではあえて立候補せず。どうやら未公認のSOS団を黙殺してもらっているにもかかわらず、生徒会を仇敵と定めているらしい。ハルヒと生徒会の対決が始まる――と思いきや、SOS団が最初に戦う相手は二軒隣に部室を構える、あのクラブだった。

●射手座の日

「勝つのよ。負けたら栄えあるSOS団の名が廃ると言うものだわ。なにより、あいつらが調子に乗るのが我慢ならないのよね！」文化祭が終わった数日後、コンピュータ研究部がSOS団に挑戦状を突きつけてきた。彼らはSOS団に奪われたパソコンを取り戻すために、自分たちで作ったゲームで対戦しようと

(図1)

(図2)

提案。挑発を受けて立ったハルヒは全ての説明を聞く前に申し出を受けてしまう（図2）。ゲームのタイトルは『The Day of Sagittarius 3』。開戦後、戦局はコンピ研が有利だった。じりじりと押されている中、しかし長門がプログラムに不正があると発言。意外にも積極的対抗策に打って出る。

●序章・冬

古泉の主張によると、ハルヒが退屈すると閉鎖空間が生まれると言う。閉鎖空間を減らすためには、ハルヒの退屈を紛らわせ、当分の間だけでも何かに熱中させれば良いらしい。それを聞いてキョンが思い出したのは三毛猫のシャミセンだった。シャミセンにペットボトルの蓋を投げてやると三分ぐらい齧りついている……。残念ながら、そんなことを考える余裕もないくらい、冬休みの事件は大ごとだった。キョンの受難は続く！

●雪山症候群

「こう言うときはね、リーダーシップを取るのは一人にしたほうがいいの！　あたしの言うとおりにしなさいよ」冬休みの大晦日イブ、SOS団は冬休み合宿を実施する。キョンの妹も連れて、鶴屋さんの別荘へ向かう。初日に冬山でスキーを楽しんでいると、ハルヒたちは吹雪に巻き込まれ、遭難してしまう。たどり着いた場所は雪に閉ざされた無人の館。ハルヒたちはそこで豊富な食べ物と温かい部屋を発見する。だがそこは時間の流れが外部と違う、閉鎖された場所だった。長門すら情報統合思念体との連結を遮断され、負荷をかけられた空間。さらに部屋で休んでいたキョンのもとに、おかしな様子のみくる（図3）が現われる。ハルヒ、長門、古泉の部屋にはキョン、みくるの部屋にはハルヒの偽者が現われたらしい。ついには長門が熱を出して倒れてしまう。危機的状況の中、キョンは古泉やハルヒの知恵、長門のくれたヒントを頼りに脱出の方法を探し出す。

(図3)

涼宮ハルヒの動揺《どうよう》

06

初版発行
2005年4月1日
本体価格
514円

どうだいっ。この衣装、めがっさ似合ってると思わないかなっ？　どうにょろ？

【解説】

「ザ・スニーカー」に掲載された短編四作と書き下ろしの一作をまとめた巻。文化祭から冬休みの合宿、そして新学期の出来事を描く。

文化祭当日のハルヒの活躍を描いた『ライブアライブ』（初出：「ザ・スニーカー」二〇〇四年十二月号）、文化祭で公開したSOS団の自主制作映画のストーリーを追う『朝比奈ミクルの冒険 Episode 00』（「ザ・スニーカー」二〇〇四年二月号）、長門をめぐる純愛（？）ストーリー『ヒトメボレLOVER』（「ザ・スニーカー」二〇〇四年十月号）、冬休みの合宿で古泉が仕掛けた推理ゲームの顛末『猫はどこに行った？』（書き下ろし）、未来人・朝比奈みくるの使命をめぐるエピソード『朝比奈みくるの憂鬱』（「ザ・スニーカー」二〇〇五年二月号）など五編を収録している。

新キャラクターとして、ハルヒが臨時で家庭教師をしている眼鏡の少年・ハカセくんが登場。古泉のボードゲームコレクションは充実度を増し、部室の大掃除でも雑誌のおまけすごろくを捨てただけにとどまった。本編中、キョンは口癖の「やれやれ」というセリフを三回使用。

【ストーリーチャート】

●ライブアライブ

「自分の足で歩きなさいよ。ほら、階段なんか三段飛ばしで！」文化祭が始まった。SOS団が作った映画も視聴覚室で無事上映。キョンは谷口や国木田と、みくると鶴屋さんのクラスの焼きそば喫茶へ行き、その愛らしさを堪能する。次に行くあてがなくなったキョンは吹奏楽部の演奏を聴きに講堂へ。するとバニーガール姿のハルヒが長門と、バンド演奏をしていた（図1）。病欠したバンドメンバーの代役で急きょ出演したらしい。ハルヒの演奏にキョンは感心する。文化祭終了後、キョンは中庭で物思いにふけるハルヒと語り合う。

(図1)

●朝比奈ミクルの冒険 Episode 00

「みっみっ、ミクルビーム！」

朝比奈ミクルは、未来から来た戦うウェイトレスである。彼女の目的は一人の少年を見守ること。少年の名は古泉イッキ、実は超能力者だ。その力を手に入れようと悪い宇宙人の長門ユキが迫る。ミクルはユキの魔の手からイッキを守り切ることができるのだろうかっ！　涼宮ハルヒ監督・脚本作品、SOS団製作による自主製作映画のストーリーを、全ての撮影に立ち会ったキョンの視点で綴っていく。

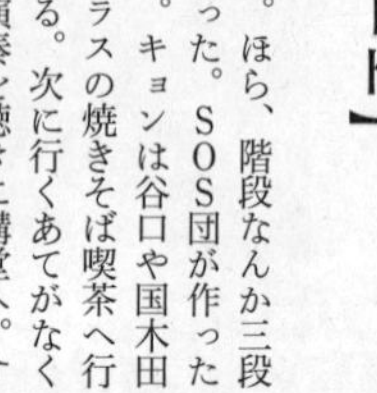
(図2)

●ヒトメボレLOVER

「こんなに誰かに好きになってもらえたら、少し嬉しいかも……」クリスマスは終わり、年末カウントダウンが迫る冬休み。キョンの中学時代の同級生・中河から電話がかかってきた。キョンと一緒にいた女性に一目惚れしたのだという。風貌を聞くと、該当者は長門。紆余曲折ありつつも長門に中河のラブレターを渡すと、長門は中河に会ってみたいと発言。SOS団全員で、中河が出場するアメリカンフットボール部の試合を観戦しにいく（図2）。ところが試合中に中河が負傷。キョンと長門で中河を見舞いにいったところ、中河の様子がおかしい……。その後、長門から中河の言動の理由を教えられたキョンは、長門にある質問をせずにはいられなかった。

●猫はどこに行った？

「では新川さん、あなたの三時以降のアリバイを教えてちょうだい」雪山での遭難から無事に帰還した十二月三十一日、屋内で過ごすSOS団。ハルヒ手作りの福笑いで遊んだり（図3）、楽しく大晦日を過ごす。そして冬休み合宿のメインイベント、古泉主催の推理ゲームが開催された。今回の登場人物はキョン、ハルヒ、長門、みくる、古泉、鶴屋さん、キョンの妹、シャミセン、森、新川、多丸圭一・裕。今回もまた圭一が部屋で殺される役になる。はたして今回の犯人と殺害のトリックとは……名探偵ハルヒの推理が冴え渡る!?

（図3）

●朝比奈みくるの憂鬱

「今度の日曜、ヒマですか？　一緒に行って欲しいところがあるの」三学期のとある日。なにやら物憂げな様子のみくる（図4）に声をかけたキョンは、彼女からそう誘われる。みんなには内緒で、と言われて浮かれるキョン。そして休日、買い物やそぞろ歩きを楽しむ二人。だが、みくるには別の目的があるらしい。そんな時、目の前で男の子が道路に飛び出し、車に轢かれそうになる。間一髪で少年を助けるキョン。一部始終を驚きの表情で見ていたみくるは、少年に名前を尋ねてさらに驚き、充分に注意するよう約束をさせて少年と別れる。その後泣き出したみくるにキョンは困惑する。助けた少年は、未来において非常に重要な人物となるらしい。自らの無力さに涙するみくるを、精一杯の言葉と態度で励ますキョン。その気持ちは確かにみくるに届いたのだった。

（図4）

涼宮ハルヒの陰謀《いんぼう》

07

初版発行
2005年9月1日
本体価格
600円

何かあるんだ、本当の目的が。
朝比奈さん本人は知らない、でももっと
未来の本人は知っているような目的が――

すずみやはるひのいんぼう

【解説】

書き下ろし長編。プロローグでキョンは『消失』の時にやり残していたことを解決。長門の問題がひとまず決着し、次はみくるの謎へと迫っていく。SFの王道たるタイムパラドックスストーリーをベースにしながら、朝比奈みくる（大）と（小）の複雑な関係性が浮き彫りに。しかしハルヒは相変わらずマイペース。二月という時節にふさわしく、女の子らしい一面を見せてくれる。単なるSFストーリーで終わらない鮮やかな展開が楽しい。

本作ではいよいよSOS団の対抗勢力ともいえるキャラクターが登場。みくるとは違う派閥の未来人（のちに藤原と名乗る）や、古泉の「機関」と対立する組織の少女（のちに橘京子と名乗る）が姿を現わす。また鶴屋さんが「機関」のバックアップをしていることが明らかになるなど、ハルヒを中心とする世界がさらに複雑な様相を呈していく。

なおこの巻での古泉は一人で軍人将棋を指し、一人でジグソーパズルをし続けている。キョンは口癖の「やれやれ」を九回も連発（そのうち二回は自嘲的な意味で使用）。みくるは「禁則事項」を都合三回口にしている。

【ストーリーチャート】

●プロローグ

一月二日にSOS団冬休み合宿から帰ってきたキョンは、翌日の初詣めぐりの前に、みくると長門に電話を入れる。キョンは去年の十二月十八日早朝へ時間遡行しなければいけなかった。時空改変を起こした犯人を修正し、凶刃に襲われた自分自身を助けるのだ。その後SOS団は通常営業を再開。節分にみくると長門の校内豆まきサービスを実施するが——ハルヒの様子がおとなしい。

●第一章

二月三日の節分から数日後、SOS団の部室の掃除用具入れから、八日後の未来から来たみくるが出てくる。彼女はキョンに言われるまま時間遡行しただけで、その理由も目的も知らなかった。部室からみくるを連れ出したキョンは、下駄箱でメッセージを発見。それはみくる（大）からの手紙だった。キョンはみくるを長門のマンションへ連れていく。

●第二章

翌日、みくる（大）からのメッセージが二通届いていた。放課後キョンと再会したみくるは、長門の家を出たいと言う。長門はみくるを意識しているらしい。キョンは鶴屋さんの家へ行くことに。未来からやってきたみくるを、彼女の双子の妹「朝比奈みちる」だと紹介し（図1）、泊めてもらうようお願いする。鶴屋さんは笑顔で快諾。

●第三章

相変わらずおとなしいハルヒ。翌日もみくる（大）からの手紙があった。キョンとみくるは手紙の指示に従い、鶴屋家の私有山へ。その帰り道、蔵から出てきた宝の地図を鶴屋さんから渡される。翌日ハルヒにその地図を渡すとテンションは急上昇。たちまち宝探しの計画が立ち上がる。次の日、みくる（大）の手紙には、不思議な指示が書かれていた。

●第四章

金曜日、キョンはハルヒやみくる、長門、古泉と鶴屋家の私有山へ。キョンと古泉は頂上で穴を掘る。

（図1）

みくるの作ったお弁当を食べ、ピクニック気分のハルヒたち。だがあちこち穴を掘ったが結局何も出てこな

(図2)

い。へこたれないハルヒは、翌日にも市内不思議探しパトロールを行うと発表する。だが、その日はみくる（大）の指示のある日。キョンは長門に連絡を取り、アリバイ工作の約束を取り付ける。

●第五章

土曜日、不思議探しパトロールが行われた。午前中、キョンは古泉とコンビを組んだ。古泉はみくるに警戒するように伝える。午後は長門とキョンのコンビ。長門に協力してもらい、キョンはみくると合流。みくる（大）からの指示をこなす。だがそこで謎の男が邪魔をしてくる（図2）。男はみくるの正体を知っているようで、不穏な言葉を残し立ち去った。みくるによると、その男も未来人らしい。

●第六章

日曜日もパトロールが行われた。再び長門の協力を得てキョンはみくる（大）の指示をこなしていく。だが指示されたことを終えた後、突然現われたワンボックスカーでみくるが誘拐されてしまった。キョンは新川、森とともに追跡。多丸圭一・裕が扮した警官と犯人を包囲する。誘拐グループの中にいた謎の少女と未来人の男は捨てゼリフを残し、みくるを解放すると姿を消した。

●第七章

パトロールは何事もなく終わったが、その後ハルヒから電話。翌日呼び出されたキョンと古泉は、鶴屋家の私有山で再び穴掘り。そして地面から出てきたのは……（図3）。帰宅後、キョンはみくる（大）の最後の指示に従い、公園のベンチへ。そこでみくる（大）と出会い、謎の指示の真相を知る。

●エピローグ

みくる（大）の指示に関係したある場所を鶴屋さんに伝えていたキョンは、その場所でオーパーツが発掘されたと知る。キョンは手作りチョコ争奪アミダクジ大会を終えたみくるを、八日前へと送り出した。

(図3)

涼宮ハルヒの憤慨《ふんがい》

08

初版発行
2006年5月1日
本体価格
514円

四の五の言わずにとにかく書くの。面白いものをね。もちろん、あたしが面白いと思うものじゃなきゃダメよ

【解説】

「ザ・スニーカー」に連続掲載された二作をまとめた巻。三月という高校生にとっては変化の季節を描いている。

今回はSOS団が生徒会と対立。文芸部として機関紙を制作することになる、変わり種のエピソード『編集長★一直線！』（初出：「ザ・スニーカー」二〇〇五年六・八・十・十二月号）、SOS団に新たな不思議調査の依頼がやってくる『ワンダリング・シャドウ』（「ザ・スニーカー」二〇〇六年二・四月号）を収録。『編集長～』では、みくるが絵本、長門が幻想ホラー、キョンがラブストーリーを書く、小説内小説という変わった形式が取られている。みくるの絵本に至っては挿絵つき（劇中ではみくるが描いたことになっているが、もちろん実際はいとうのいぢが作画）。

新たにSOS団の宿敵として生徒会長が登場。古泉が所属する「機関」の協力者として、今後も重要な役どころを担っていく。古泉はキョンが五月に部室へ持ちこんだオセロをプレイ。キョンの口癖「やれやれ」の登場回数は四回。長門からまさかのジョークが飛び出る記念すべき巻でもある。

【ストーリーチャート】

●編集長★一直線！

「SOS団は常勝不敗にして容赦と恐れを知らない猛者ばかりよ。泣いて土下座するまで許してやんないっ！」三学期のある日、長門が生徒会に呼び出された。生徒会に新しい生徒会長が就任し、文芸部に無期限休部を命じたのである。キョンは抗議するが、新生徒会長は受け入れない。その時ハルヒが乱入。新生徒会長は文芸部を存続させるために機関誌を発行することをハルヒに命じるのだった（図1）。

(図1)

だがハルヒが生徒会室から出ると、生徒会長は態度を一変。生徒会長は古泉の回し者だった。生徒会対SOS団の構図は、古泉によって全て仕組まれていたのである。それを知らないハルヒは編集長の腕章を付け、キョンたちに小説を書かせる。キョンは恋愛小説、古泉はミステリー、みくるは童話、長門は幻想ホラー（図2）。いつの間にかコンピ研の連中や谷口と国木田、鶴屋さんまでもが参加することになっていた。仕方なくキョンも、自分の経験をもとに小説を書き始める……。完成した小説を読んで、ハルヒ編集長が下した評価とは。そしてハルヒが書いたものの内容とは？

(図2)

●ワンダリング・シャドウ

「みくるちゃん、悪霊をやっつける呪文か祝詞かお経でもいいけど、何か知ってる?」三月上旬、学期末試験も終わり、球技大会が行われた。ハルヒはバレーボールチームを率いて大活躍。変人扱いされていたハルヒの性格は変化しているように見えた。そんなある日、SOS団に久々の依頼が来る。クラスメイトの阪中が、自宅のそばで幽霊を感じたと言うのである。その場所に近づくと散歩中の犬が近寄らなくなったり、病気になったりするのだとか。ハルヒはみくるに巫女さんの格好をさせ（図3）、現地で除霊を行うが、事態は悪化するばかり。阪中の飼っている犬・ルソーまで病気になってしまう。

(図3)

長門によると、そこにいるのは宇宙からやってきた珪素に宿る情報生命素子だという。彼らはウィルスのように増殖し、犬の脳内神経構造を利用し、生命体として活動しようとしていたのだ。統合情報思念体の指示を受けた長門は、この情報生命素子を消去せずに保存することにする。そして被害を受けた犬たちを「治療」するために駆り出された助っ人、それはなんとシャミセンだった（図4）。キョンをアシスタントに、長門による治療が行われる……。

(図4)

涼宮ハルヒの分裂《ぶんれつ》

09

初版発行
2007年4月1日
本体価格
514円

キミにとってはそうではないかもしれないが、あいにく僕はこの状況に少しばかり楽しみを見いだしている

すずみやはるひのぶんれつ

【解説】

書き下ろし長編。この巻よりキョンやハルヒは高校二年生に進級する。ずっと存在だけほのめかされてきたキョンの友人・佐々木が初登場。併せて『陰謀』に登場した超能力者・橘京子、未来人・藤原、そして『雪山症候群』で存在が明らかになった「天蓋領域」のエージェント・周防九曜も登場する。つまりSOS団のメンバーに対応する、いわば偽SOS団ともいえる者達が勢揃いしたことになる。

シリーズ中でも特にユニークな構造を取っている本作。なんと物語が途中からα世界とβ世界に二分割され、並行してドラマが描かれていくのである。一本の電話をきっかけに、α世界ではハルヒによるSOS団の新入部員試験が、β世界では佐々木とのドラマが描かれていく。分裂した世界を同時に描くと言う実験的スタイルは、まさに『涼宮ハルヒ』シリーズらしいということができるだろう。

ボードゲーム好きの古泉は今回、詰め碁、囲碁、連珠をプレイ。やはり腕前はまだまだ初心者のようだ。キョンは口癖の「やれやれ」を三回呟いている。

なお本作はシリーズ初の連続ものであり、物語は『驚愕（前・後）』に続く。

【ストーリーチャート】

●プロローグ

四月、キョンは二年五組に進級した。谷口、国木田とも同じクラスだ。担任はまたしても岡部。キョンの座席の後ろにはハルヒ。まるで誰かに仕組まれたかようなクラス編成にキョンは呆れるばかり。そして新学期が始まって数日後の放課後、ハルヒは生徒会長と対決しつつもSOS団の仮入部受付兼部活説明会を開始した。自主制作映画『長門ユキの逆襲Episode 00』の予告編を先行上映し、ハルヒは意気揚々。ところが古泉は不安を抱いていた。ハルヒが作り出す閉鎖空間の《神人》が奇妙な動きをしていると言う。その原因は春休みの最後の日にあったらしい。キョンはその日の出来事を思い出す。SOS団でフリーマーケットへ行った日。待ち合わせの場所で、キョンは中学時代の友人・佐々木（図1）と一年ぶりに再会した。そこにハルヒたちが合流、キョンは佐々木をハルヒに紹介する。佐々木はキョンのことを「親友」と呼んだ。そのことがどうも、ひっかかっているらしい。

●第一章

金曜日、新年度第一回SOS団全体ミーティングが行われ、翌日に新年度初の不思議探索パトロールを行うことがハルヒから伝えられた。土曜日、待ち合わせの場所でキョンは佐々木と再会。彼女は二人の人物を伴っていた。一人は、以前みくる（みちる）を誘拐しようとした少女、橘京子。もう一人は、光陽院女子の制服を着てはいるものの、異様な空気をまとっている周防九曜という少女だった。九曜は広域帯宇宙存在から派遣されたインターフェースであるとキョンは見抜く。三人と会話していると、SOS団メンバーが現われる。目線を交わす長門と九曜。その後不思議探索パトロールは楽しく行われたが、その夜を境に世界が分裂してしまう。きっかけは、キョンの家にかかってきた一本の電話だった。キョンの妹が電話を取ったため相手は誰だかわからないが、どうやら相手は女性らしい。キョンは受話器を受け取った。

(図1)

●第二章

「あらためて訊きます。どっちがいい？　うっかりすると世界をおかしくしちゃう神様と、何もしてくれないけど暴れたりもしない常識の人」

世界は分裂する。α世界——

(図2)

キョンに電話をかけてきたのはキョンの知らない少女だった。『あたしです。あたしは、わたぁしです』。キョンは不可解な気持ちのまま電話を切る。キョンは古泉に連絡するが、古泉は橘京子と周防九曜の存在に脅威を感じていなかった。キョンは安心して、怠惰な日曜日を過ごす。β世界——キョンに電話をかけてきたのは、佐々木だった（図2）。キョンは佐々木と、翌日に駅前の喫茶店で会う約束をする。その後すぐキョンは古泉と長門に連絡をとり、橘京子が「機関」とは別組織の超能力者であること、周防九曜が「天蓋領域」と名付けられた統合情報思念体とは違う広域情報意識であることを知る。明けて日曜日、キョンは佐々木と橘京子、周防九曜、そして未来人の藤原と出会う。彼らの目的は、ハルヒの持つ力を佐々木に委譲させることだった。会合の最中、喫茶店の店員として喜緑江美里が現われ（図3）、九曜との間に緊張が走る。会合は物別れに終わる。

●第三章

分裂したまま世界は続いていく。α世界——月曜日。キョンは長門から周防九曜の正体を聞く。そしてハルヒから数学の小テストの特訓を受けるのだった。やがてハルヒはSOS団の部室に椅子を並べ、入団試験を開始する。入団希望者は男が七人、女が四人。いや五人。ハルヒは翌日から入団試験を宣言。「あたしが作った入団試験、そのことごとくに合格するような一年以外は願い下げよ」β世界——月曜日。キョンは中学三年の頃、佐々木と交わした会話を夢の中で思い出す。放課後SOS団の部室に行くと、長門がいない。ハルヒが長門に電話をすると、熱を出して学校を休んでいるという。古泉は、地球外知性による侵攻が再開されたのだろうとキョンに語る。ハルヒたちは長門のマンションへと走り出す。

(図3)

涼宮ハルヒの驚愕《きょうがく》（前）（後）

10

初版発行

〈初回限定版〉 2011年5月25日

〈通常版〉 2011年6月15日

本体価格

〈初回限定版〉 1200円（前後巻＋特製小冊子）

〈通常版〉 各巻552円

団あっての人員じゃねえんだ。俺たちがいての団なんだよ

【解説】

書き下ろし長編。前作『分裂』からの続編にあたる。αとβに分裂した世界の事件は、本作の後編で結着を見る。

新キャラクターとして渡橋ヤスミが登場。SOS団の入団試験に合格した唯一の一年生である彼女は、ミステリアスな言動でキョンを惑わせる。

また、これまであまり語られてこなかったハルヒの家庭事情が少しだけ明らかになる部分も。ハルヒの母親は味オンチで料理が苦手だとか。おかげでハルヒは自炊するようになり、料理が得意になったのだという。また自宅は一軒家で二階建て……。北高ではエキセントリックな行動をしているハルヒも、家庭では普通の女の子のようだ。

ボードゲーム愛好家の古泉はここでもトランプで一人神経衰弱したり、UNOをプレイするほか中国の将棋の象棋に挑戦している。SOS団のサイトはヤスミによってリニューアルされ、コンピ研が新たにバージョンアップさせたオンライン対応版ゲーム『The Day of Sagittarius 5』を搭載。キョンの口癖の「やれやれ」は不発。首を一度だけ「やれやれ」と振るだけに留まる。

【ストーリーチャート】

●前巻――α世界

平穏な月曜日が明け、火曜日。SOS団入団試験の第二段階が始まった。入団希望の新一年生は男子三名、女子三名。試験官バージョンの腕章を付けたハルヒが用意したものはペーパーテストだった。その中身は試験というよりアンケートの類。古泉はそれを思考実験と呼んだ。翌、水曜日。ハルヒはSOS団入団最終試験を開始する。残った新一年生は男子三名、女子二名の五人。ハルヒが発表した最終試験は「無制限耐久マラソン」。これは最後の一人になるまでハルヒとグラウンドを走り続けるという無謀な耐久試験である。一年生はハルヒの快足についていけず、次々と脱落していく。まもなくグラウンドは「死屍累々」と化した。しかしマラソンは続く。やがてハルヒがマラソン終了を宣言した時、意外にもその後ろにぴったりとくっついてゴールを駆け抜けた一年生がいた。ブカブカの体操着をまとい、スマイルマークのような髪留めを付けた小柄な少女、渡橋泰水。試験用紙ならぬアンケートを見ると、彼女のSOS団に対する憧れは並大抵の物ではなかった。渡橋ヤスミという名前を知り、キョンは以前、家にかかってきた謎の少女からの電話を思い出す。あの電話の主はヤスミだったのではないか……。

●前巻――β世界

月曜日の放課後。長門が倒れた（図1）と知りハルヒ、キョン、みくる、古泉は長門のマンションへ走る。長門のため、かいがいしくおかゆや特製オリジナル野菜スープを作るハルヒ。携帯電話を介して長門のメッセージを受信したキョンは、事件の原因と目される周防九曜のもとへ向かうために飛び出す。するとマンションを出てすぐ近くの踏切に九曜はいた。まるでキョンを待ち構えていたかのように……。九曜の手がキョンに迫ったその時、一人の女性の声がさえぎる。朝倉涼子、かつて消された宇宙人のインターフェースがまたもや現われたのである（図2）。凍結さ

(図1)

（図2）

れた空間で対峙する、朝倉と九曜。さらに喜緑江美里までもが登場。九曜は撤退し、朝倉も去っていった。翌日、佐々木に会ったキョンは、橘京子、九曜、藤原と喫茶店で会う。彼等の目的はハルヒの能力を佐々木に移譲すること。水曜日、古泉とキャッチボールをしたキョンが帰宅すると佐々木が家にいた。佐々木は橘京子らの申し出に賛同するつもりはないようだった。

●後巻

α世界——木曜日。ヤスミはSOS団の一員となった。団長然とするハルヒはSOS団のサイトを見栄えの良いものにするようにヤスミに指示する。これも新人研修の一環、正団員への道は厳しいらしい。楽しげに任務をこなすヤスミを横目に、キョンは古泉とキャッチボール。古泉曰く、ハルヒの無意識下での現実操作によってヤスミはSOS団に入ったのだとのこと。その日キョンが帰宅すると、ヤスミが待っていた。しかしヤスミは「ただ先輩の部屋に一人で来てみたかっただけなんです」と言って帰ってしまう。金曜日、ヤスミからメッセージを受け取ったキョンはSOS団の部室へ。そしてキョンとヤスミはそこで思わぬ人物と出会うのだった。

β世界——木曜日。キョンは谷口の失恋話を聞く。谷口が十二月からわずかな期間だが交際していた相手とは、意外な人物だった。彼女から声をかけてきてつきあい始めたのに、ある日突然「間違えた」と言われ、交際は終わったという。破局後はショックでしばらく悶々としていたという谷口。キョンはそんな谷口を称賛するのだった。その後、SOS団の部室で、見知らぬ少女がキョンを出迎える。「間違えちゃったみたいです」と言い少女は姿を消した。帰宅後、佐々木から連絡が入る。藤原がまた集まろうと提案しているらしい。いよいよ決着の時が来たとキョンは覚悟を決める。明けて金曜日、駅前で待ち合わせたキョンたちは、北高へと向かう。そこは佐々木の作った閉鎖空間になっていた。そこでキョンは思わぬ人物と出会う……。

第二章 SOS 質疑応答

谷川流、いとうのいぢ、それぞれに50問ずつ
質問に答えてもらった。作品についての質問から
プライベートのディープな質問まで、
ファンも知らなかった驚きの回答がここに!

谷川流編

01.『涼宮《すずみや》ハルヒ』シリーズの中で一番好きな（もしくは印象深い）キャラクターは？

――ハルヒです。彼女の存在から全てが始まり、そして終わるでしょうから。

02. では一番好きなエピソードは？

――強いて言えば『笹《ささ》の葉ラプソディ』でしょうか。あの短編があったおかげで『消失』が書けたという意味で。

03. シリーズタイトルを考えるとき、何かご自分の中で規則のようなものがありますか？

――『涼宮ハルヒの○○』の○○に入る部分は、作品内容とあわせつつ、ミスディレクションとしてネガティブなイメージを持つ単語を入れています。

04. ハルヒ、長門、みくるはどういった流れで生まれたキャラクターだったのでしょうか。

――正体は最初からあったものでした。性格は、ハルヒがハイテンションなので、対応する形でローテンションな長門、その中間の朝比奈《あさひな》さん、というふうに自然となりました。

05. 宇宙人、未来人、超能力者《ちようのうりよくしや》、異世界人の中で、誰《だれ》が一番強いと思う?

——何をもって最強とするかの基準にもよりますが、やはり人間が一番強いだろうと考えています。

06. ハルヒのコスプレイヤーにアドバイスをお願いします。

——好きなものを好きなようにするのが一番精神衛生上よいのではないかなと思います。

07. 続刊で新しいキャラクターが登場する予定は?

——内緒《ないしよ》です。

08. 今後の執筆《しつぴつ》の構想は?

——極秘です。

09. SOS団の卒業後の進路は?

——秘密です。というより、僕にも解りません。

10. 自分がSOS団の誰かに似ていると思う?

――SOS団に限らないのであれば、たぶん谷口です。理想は古泉なのですが、彼の立ち位置は僕には務まりそうにないですね。

11. ハルヒは季節行事を大切に考えていますが、谷川先生の今年の夏の予定は?

――春夏秋冬を通して何か特別なことをする風習はありません。たまに今が何月何日の何曜日なのかすら忘れます。

12. 一番忘れられない夏がありましたら教えて下さい。

――高校二年生あたりの夏でしたでしょうか。まったく外にでることも勉強もせずにひたすらノートに手書き小説を書いていました。今思い起こせば赤面するしかありません。

13. 『陰謀《いんぼう》』のあとがきで「謎《なぞ》の電波ノート」について書かれていましたが、どんなノートなのかもう少し教えてもらえますか?

――中学生時代から付け始めたネタ帳のようなものです。小説のネタになりそうな思いつきのメモ書きや、日常を過ごしていてふと疑問に思ったことなどが脈略なく書いてあるノートで、もう十数年も続いており、とっくに何冊にもなっていますが、今読み直していても特に面白くない……というか、あんまり読み返したくもないシロモノでしょうね、きっと。何が書いてあるかのもすでに忘却《ぼうきゃく》の彼方《かなた》に遠のきつつあります。

14. 好きな本のジャンルは？

——海外ＳＦと日本の本格ミステリです。

15. 好きなゲームの種類は？

——戦略シミュレーションと、シューティングゲームです。

16. 好きなスポーツは？

——アメリカンフットボール。もちろん観戦のみですが。

17. 好きな食べ物は？

——辛《から》いカレー。

18. 嫌《きら》いな食べ物は？

——生卵となすび。

19. 好きな煙草《たばこ》の銘柄《めいがら》は何ですか？
――煙《けむり》が出れば何でもいいんじゃないでしょうか。

20. 好きなお酒の種類は？
――ビール。

21. 好きな映画を教えて下さい。
――『ヒドゥン』とか『キリング・タイム』とか。

22. ペットを飼っていますか？
――オスではありませんが三毛猫《みけねこ》がいます。もう二〇年近い付き合いですね。

23. 執筆中に音楽を聞きますか？
――執筆は基本的に無音で行います。静かな環境《かんきょう》でないと集中できないので。

24. 執筆時《しっぴつ》に欠かせないものといえば？
――お茶と国語辞典。

25. 執筆中に悩《なや》んだ時は、どうしますか？

——あきらめて寝《ね》るか、風呂《ふろ》に入ります。

26. どんな学生時代を過ごしましたか？　SOS団のような学生生活だった？

——そんな経験がないからこそ、SOS団が生まれたのではないかな、と今はそう思います。でも文化祭の準備はやっぱり楽しかったですね。

27. 高校時代の何か特別な思い出があったら教えて下さい。

——驚《おどろ》くほど何にもなかった三年でした。校則違反《いはん》の自転車通学を三年間押し通していたくらいでしょうか。

28. では高校の学園祭での思い出は？

——美術部としての活動しか覚えていないなあ。あとどこかのクラスの焼きそば屋に入ったらなかなか料理が出てこなかったこと。

29. 学生時代、一番好きだった科目は？

——世界史。

30. 麻雀《マージャン》を打つ時のスタイル、ポリシーは?
——場を乱さないこと。
31. 今まで麻雀で出したことがある一番すごい役は?
——ラス目のオーラスで上がった逆転の小四喜。
32. 初めてバイクに乗ったのは何歳の時?
——確か二十二歳くらいで先輩《せんぱい》から貰《もら》ったボロいFZR。
33. 今乗っているバイクの種類は?
——ちょっと前に廃車《はいしゃ》にしたので今はありません。
34. 初恋《はつこい》はいつ? どんな人だった?
——幼稚園《ようちえん》……いや小学生……いや中学一年生だったかの何かちょっと天然っぽい人だったような……。つまりよく覚えていません。
35. 初めて小説を書いたのはいつ? どんな内容だった?

――中学一年生の時に書いたクラスメイトのN君を主人公にしたショートショート不条理ギャグ。ちなみにまったく受けなかった。

36. メガネ派ですか、コンタクト派ですか、裸眼《らがん》ですか？

――裸眼↓眼鏡↓コンタクト（紛失《ふんしつ》）↓眼鏡という遍歴《へんれき》を辿《たど》って今に至ります。

37. 今の携帯電話《けいたいでんわ》の待ち受けは？

――いとうのいぢさんの東日本大震災《だいしんさい》チャリティーハルヒ。

38. アパレルショップの店長をしていた頃《ころ》の思い出で、忘れられないエピソードは？

――アルバイトの女の子が出勤してこないので電話したら、いま兄貴とケンカしているので遅《おく》れると言われたこと。

39. ペンネームの由来を教えてください。

――ものごっつい適当につけたことを今では後悔《こうかい》しています。たまに「ナガレ」とか「リュウ」とか読まれるのですが、僕自身、「たにがわりゅう」と書いて変換《へんかん》させているので別にいいと言えばいいですね。

40. スニーカー文庫編集部の初代担当との思い出を教えて下さい。
——結婚《けっこん》されてからの嫁自慢《よめじまん》と犬自慢《じまん》を本当に嬉《うれ》しそうに語ること。あやかりたいものです。

41. 現担当とのやりとりで何か印象に残っていることがあれば教えて下さい。
——原稿《げんこう》の直しの指摘《してき》で、どこをどう直すべきかと聞き直したら、五分くらい黙《だま》って考え続けていらっしゃったこと。

42. 生活スタイルは朝型 or 昼型 or 夜型？
——超《ちょう》深夜型です。ミッドナイト・プラス・10くらいの。

43. 二〇一一年五月現在、今一番欲しいものは？
——猫《ねこ》好きで掃除《そうじ》の得意な新幹線にも一人で乗れるメイドロボ。

44. 好きな歴史上の人物はいますか？
——曹操《そうそう》。

45. 自由に過去へ行けることになったら、何年前のどこに行き、何をしますか？

——一九九四年のイモラ・サーキットに行ってレース前にセナのマシンを破壊《はかい》したいです。

46. 今まで会った中で、自分にもっとも影響《えいきょう》を与《あた》えたと思う人は？（ご家族を含《ふく》む）

——小学校四年から中一まで同じクラスだったYくん。

47. 最近はまっていること、マイブームがあれば教えて下さい。

——歴史上の謎《なぞ》な事柄《ことがら》について考えて勝手な結論を出し勝手に納得すること。

48. ご自身の未来予想図を教えてください。

——できれば誰《だれ》にも迷惑《めいわく》をかけずに漫然《まんぜん》とした最期を迎《むか》えたいと思います。

49. 『涼宮《すずみや》ハルヒの驚愕《きょうがく》』が全世界同時発売を果たしたことについての感想を。

——光栄の至りです。自分が生み出したキャラクターたちが日本のみならず異国の方々に受け入れられる事態になるなど、『憂鬱《ゆううつ》』を書いてスニーカー大賞に応募《おうぼ》した時点では想像だにしていませんでした。応募《おうぼ》締《し》め切《き》り直前になって一〇秒で考えたタイトルがここまでのものになってくれるとは、何がどう幸いするか、本当に人間万事塞翁《さいおう》が馬《うま》とはこのことでしょう。

50. さらなる続刊を待つファンに、メッセージをお願いします。

——読者の方々にもそれぞれ重要な生き様があると思います。お互《たが》いがんばりましょう。

いとうのいぢ　編

01.『涼宮ハルヒ』シリーズの中で一番好きな（もしくは印象深い）キャラクターは？

――好きなのは、ＳＯＳ団五人。一人にはなかなか絞《しぼ》れませんでした。印象深いのは佐々木《ささき》。『驚愕』を皆《みな》さんより一足先に読んで、佐々木の絵も沢山《たくさん》描《か》きました。

02.では一番好きなエピソードは？

――どちらもやっぱり、一番最初の『憂鬱』。この一冊に、ＳＯＳ団がぎゅっと濃縮《のうしゅく》されていると思います。

03.ハルヒのイラストを描《えが》く時ならではのルール（気をつけていること）はありますか。

――ハルヒというキャラに限って言えば、自由でのびのびとした、強い意思を感じさせるような絵になるよう描いています。

04.『驚愕』の新キャラクター、ヤスミをデザインする際のポイントはどこでしたか。

——文章のままですが、スマイルマーク、無造作な髪《かみ》、ブカブカな制服ですかね。

05.『憂鬱』で最初にハルヒ、長門、みくるをデザインした時の思い出を教えて下さい。

——この三人は不思議と全く悩《なや》まなかったんです。すぐに浮《う》かんだイメージでOK頂きました。強《し》いて言えばみくると長門の身長、どちらを低くするか（微々《びび》たる差ですが）くらいですかね。

06.みくるは大人バージョンも存在しますが、成長したハルヒや長門はどんな姿になると思う？

——ハルヒは今回の『驚愕』でちょっとだけ垣間見《かいまみ》えましたね。あのハルヒを絵にしてみたいけど、なんだか今は想像の中だけで置いておきたいようなそんな……夢が詰《つ》まってますね（笑）。長門は考えた事無かったです、なんだか大人な長門が想像できない（笑）そのままっぽい。

07.宇宙人、未来人、超能力者《ちょうのうりょく》、異世界人の中で、誰が一番強いと思う？

——宇宙人かな？　でもハルヒには敵《かな》わないんですよね（笑）。

08. ハルヒのコスプレイヤーにアドバイスをお願いします。

——自分で作成する場合は、女子の制服のブルーの部分は鮮《あざ》やかな色の布だと引《ひ》き締《し》まると思います。あと、セーラーカラー（襟《えり》）は胸元のV字切り込みが深いと北高制服っぽいです。

09. 今後の展開について、ずばり谷川先生に訊《き》いてみたいことがありましたらどうぞ。

——「ハルヒ」は毎回ハプニングの連続なので、『消失』や今回の『驚愕』のような大きな事件は今後起こるのかというのが気になるとこです。世界巻き込んじゃう程の。

10. 自分がSOS団の誰かに似ていると思う？

——誰にも似てないと思います。強いて言うならキョンかなあ。心の声でのツッコミが激しいところが（笑）。

11. ハルヒは季節行事を大切に考えていますが、いとう先生の今年の夏の予定は？

——今は何も決めてませんが……夏らしいこと（海に行くとか）がしたいですね。

12. サイン会などでのハルヒファンとの交流で、印象に残っている思い出がありましたら教えて下さい。

——文化の違《ちが》う海外のお客さんが日本の作品を同じように楽しみ、笑ったり泣いたりしたという話を笑顔で一生懸命《いっしょうけんめい》語ってくれる事が驚《おどろ》きでもあり、嬉《うれ》しいです。中でもフランスに行ったときのハルヒファンの方々はセーヌ川でハレ晴れを踊《おど》ってくれました！　すごい印象的でした。

13. 季節行事を大切にするハルヒですが、いとう先生が一年の中でいちばん好きな季節行事は？

——元旦《がんたん》かなあ、この日だけはどんなに忙《いそが》しくてもゆっくり過ごすと決めているので。

14. 好きな本のジャンルは？

——ミステリーや怖《こわ》い話が好きです。

15. 好きなゲームの種類は？

——最近はあまりやってませんが、ＲＰＧをよく遊んでました。

16. 好きなスポーツは？

——どちらかというとインドア派です。中学生のとき部活でバドミントンをやってたのですが、久しぶりにまたやりたいなあ。

17. 好きな食べ物は？

——辛《から》いものが好きです。甘いものより塩辛《しおから》いものが好きです。

18. 嫌《きら》いな食べ物は？

——あまりないですが、刺身《さしみ》はあんまり食べないですね〜。

19. 最近買ったもので、お気に入りのアイテムを教えて下さい。

——韓国《かんこく》で買ったbanila coってお店のハンドクリームはびっくりするほどベタつかない……。

20. 今注目しているクリエイターは？

——常にいっぱい居て挙げきれないですが……mebaeさんや左さんのセンスが羨《うらや》ましい。

21. 好きな映画を教えて下さい。

——ホラーが好きです。吸血鬼《きゅうけつき》モノとかのゴシックホラーとかは特に。

22. ペットを飼っていますか?
——犬や猫《ねこ》を飼いたいけど、今は家に迷い込んできたセキセイインコを飼ってます。

23. 作業中に音楽を聞きますか?
——聴《き》くと捗《はかど》ることもあるし、無音がいいときもあります。割となんでも聴きますが音楽はテクノやポップスが好きです。m-floとか中田ヤスタカが心地《ここち》いいです。

24. 作業中に欠かせないものといえば?
——目薬。

25. 作業中に悩《なや》んだ時は、どうしますか?
——別のことをするか寝《ね》る。

26. どんな学生時代を過ごしましたか? SOS団のような学生生活だった?
——あんなにハチャメチャな学校生活ではなかったけど、クラスの友達や絵の好きな仲間達とそれなりに楽しく過ごしてました。……至って普通《ふつう》です。

27．高校時代の何か特別な思い出があったら教えて下さい。

——うーん……。先生に恋《こい》をしてる友達と毎朝待《ま》ち伏《ぶ》せするのに付き合ったり相談聞いたりしたことかなあ。……まあよくあるというか普通ですね。

28．では高校の学園祭での思い出は？

——美術部だったので、出展物の油絵描《えが》くのに必死だった覚えしかない……。

29．学生時代、一番好きだった科目は？

——美術と言いたいとこですが、そのころはあんまり得意でなかったので……国語かな。

30．描いていて楽しいモチーフ、好きなパーツなどはありますか？

——女の子的なものばっかりですが、ひらひらした服とかリボンは楽しい。身体《からだ》なら指（爪《つめ》）と脚《あし》のライン。

31．魅力的《みりょく》な女の子を描くための最重要ポイントは何だと思いますか？

——やはり表情ですかね。性格と情景に合った顔。

32．ゲーム会社での経験で、小説の挿絵《さしえ》画家としての仕事に役立った部分はどんな点がありますか？

——キャラクターを描く事ですかね。人物の表情とかはゲーム会社で差分を沢山描《たくさんえが》いたことが良かったのかも。

33．沢山描いてきたハルヒのイラストの中でも、特に思い出深い一枚といえばどれですか？

——何かのキャンペーンで描かせてもらった「BANG!」って描いてある三人娘《むすめ》の絵。沢山《たくさん》色んなとこで使ってもらったお気に入り。

34．初恋《はつこい》はいつ？ どんな人だった？

——小学校の時、クラスで一番スポーツの出来るさわやか男子だったような（笑）。クラスの殆《ほとん》どの女子がその子を好きだったかと（笑）。

35．イラストを描き始めたのはいつ頃《ごろ》からですか？

——落書きは幼稚園《ようちえん》からですが、本格的には中学生の終わりくらいからです。

36．メガネ派ですか、コンタクト派ですか、裸眼《らがん》ですか？

――裸眼です。眼は超《ちょう》良いです。

37. 今の携帯電話《けいたいでんわ》の待ち受けは？

――デフォルトのやつです。Q-potのやつなんでかわいいです。

38. ご家族やご友人と、ハルヒのことについて話をされることはありますか？

――母のテニス仲間のお子さんがハルヒ好きとかそういう話はよく聞きます（笑）。ありがたいですね。

39. ペンネームの由来を教えてください。

――好きだったミュージシャン二人の名前を拝借して合わせました。

40. スニーカー文庫編集部の初代担当との思い出を教えて下さい。

――長い事お世話になってましたから色々ご一緒《いっしょ》させて頂きましたが、やはり初めてお仕事の依頼《いらい》を頂いてお会いしたときが一番印象に残ってます。めっちゃ緊張《きんちょう》しました。

41. 現担当とのやりとりで何か印象に残っていることがあれば教えて下さい。

——オトメンUさんにホワイトデーの手作りお菓子《かし》を貰《もら》った事とか、男前Iさんの豪快《ごうかい》なジョッキビール飲みとか（笑）。

42. 生活スタイルは朝型 or 昼型 or 夜型？

——朝型にしたいんですがどうしても夜型になってしまう……。

43. 今一番欲しいものは？

——猫《ねこ》だったんですが、インコが舞《ま》い込《こ》んで居候始めてからはそうも言ってられなくなりました（笑）。

44. 好きなお出かけスポットはどこですか？

——伊勢丹《いせたん》が好きです。梅田にも出来て幸せ。

45. 自由に過去へ行けることになったら、何年前のどこに行き、何をしますか？

——や、もう過去は振《ふ》り返《かえ》らないです。多分戻《もど》っても同じことしますから（笑）。

46. 今まで会った中で、自分にもっとも影響《えいきょう》を与《あた》えたと思う人は？

——ゲーム会社のカプコンと高河《こうが》ゆん先生はすごく大きいと思います。

47. 最近はまっていること、マイブームがあれば教えて下さい。

——多趣味《しゅみ》なようで浅いので……なんだろう。ハンドクリーム収集？

48. ご自身の未来予想図を教えて下さい。

——家族やペットと仲良く穏《おだ》やかに暮らしていたい。

49. 『涼宮《すずみや》ハルヒの驚愕《きょうがく》』が全世界同時発売を果たしたことについての感想を。

——自分の関わる作品が世界でこんなに注目されているなんて光栄です。それだけにプレッシャーも大きいですが、気合いも入ります。

50. さらなる続刊を待つファンに、メッセージをお願いします。

——今後ハルヒ達がどんな活躍《かつやく》を繰《く》り広《ひろ》げるのか私も楽しみです。「こんなシチュエーションを見たい！」という想いを谷川さんにファンレターでぶつけて下さい。きっとそれ以上のワクワクをながるんならくれるはず（ハードル上げた）。

SUZUMIYA HARUHI NO KAK

第四章 原稿再録

2009年放送のTVアニメで話題となった
「エンドレスエイト」。当時、雑誌「ザ・スニーカー」
2009年10月号に谷川流が寄稿した、
ループについての考察文「a study in August」を
ここに収録する。

時間および空間事象が、あたかもループしているかのような、つまり「ある程度時間が進んだら、またループのスタート地点となる過去に戻《もど》ってしまう」という物語的構造を含《ふく》んでいる創作物を、この文中では「時間ループもの」と呼ぶところから始めたいと思います。

もっと端的《たんてき》に言いますと、Aという時間からさらに未来のBという時間に達したとき、特に理由があろうがなかろうが、その物語世界のすべてが再び時間Aへと戻ってしまうという現象のことであると、ここでは規定します。

ただ、この定義には時間ループを考える上でかなり重篤《じゅうとく》な矛盾《むじゅん》もまた存在することを告白しなければなりません。

まず第一に、一口にループと言っても『それは世界に内在する登場人物に限られた現象なのか』、それとも『世界そのものがループしているため、否応なしにその世界内にいる人物たちもまた同じ時空間をループし続けているのか』という同じようで実は異なったパターンがあるためです。

実質、ループする物語における世界観は、この二つに分類することができると言えるでしょう。違《ちが》いが分かりにくいですが、この二つの区別については後述します。

さて、この手の時間をテーマに使用した物語には、さらに時間ループとはまったく異なるにもかかわらず、外部からの観測者から同じものと思われかねないSF的現象も存在します。どちらかと言うまでもなく、こちらのほうが有名で、かつ分かりやすいものでしょう。すなわち、時間移動、いわゆるところのタイムトラベルです。

仮に一人のタイムトラベラー（彼としておきます）が過去に時間跳躍《ちょうやく》した場合、その人物はあたかも自分以外の世界そのものがループしてしまったかのように感じるかもしれません。彼にとって到着《とうちゃく》以降の歴史は、自分の記憶《きおく》通りに進行するはずだからです。もちろん過去に来たにもかかわらずその時間の歴史が記憶と異なる場合や、彼が過去に来てしまったという行為《こうい》が歴史を変化させてしまう例もあるでしょうが、そのあたりはループの問題というよりタイムパラドックスの問題であり、似ているようでやっぱり異なるテーマです。

以降、タイムトラベルと比較《ひかく》しながら時間ループものの物語世界を考えていきます。

時空間がループし続ける物語、といってもそのものずばりをテーマにしているものはそう多くありません。しかし、我々の大多数は比較的頻繁《ひかくてきひんぱん》にその現象を含んだ物語に触《ふ》れているはずです。なぜなら、ほとんどのTVゲーム、コンピュータゲームにはリセットボタンが付いており、そんなボタン一回も押したことないという人はほぼ皆無《かいむ》に近いと思われるからですが人生においてゲーム自体全然したことのないという人はすみません。

言うまでもなく、リセットボタンを押すとそれまで実行されていたプレイ履歴《りれき》は消え失せ、セーブポイントないしはスタート地点まで戻ることになります。そして、そこから始まるリプレイは、プレイヤーキャラにとって時空間ループに他なりません。リセットによって記憶を完全に失い、再び規定のポイントからやり直しとなった、そのプレイヤーキャラをコントロールしていた我々にしてみればこの現象はループにしか見えないものです。

しかし仮にキャラクターがリセット&ロードの記憶と自意識があったとしたならば、そのキャラクターは自分が過去にタイムトラベルしたのかと錯覚《さっかく》し、なぜこんな現象が起きたのかと頭をひねることでしょう。が、それはまさに錯覚であり、本当はプレイヤーがリセットしたと確信を持って言えるのは、ゲームの外側にいる我々、プレイヤーのみです。

これが何を示すのかと言いますと、観測者の視点によってでしかループしているか否かを証明できないということになります。要するにゲーム（＝世界）の内側にいる人間には、世界自体がループしていることに気づき得ないのです。もちろんレアケースを除いて。

「そのレアケースとやらはどのような場合のことですか？」

「一例を挙げるとだ、例えば我々は仮想現実空間の中にいて、真の現実は他にあると解釈《かいしゃく》すればよい。我々はあくまでヴァーチャルリアリティの住人であり、であるからして我々の感じる現実とは仮想空間のことである。しかし我々の住む仮想空間を内包する、もっといえば我らを作り上げた世界の住人にとっては、我らの仮想空間は彼らの現実空間の一部にすぎない――と、このように認識すれば我々でも真の現実について思いをはせることができるのだ。彼らの手によってこの世界は幾度《いくど》となくリセットされているのではなかろうか、とな」

「そうであったとして、その真の現実をどうやって知覚すればいいのです？」

「知覚しようがない。むろん、通常ならばだが」

「通常でない場合とは何ですか？」

「それは言うまでもない。我々の世界の外側にいる存在が、我々に真実を教えてくれるような場合だ。たとえば、今のようにな」


　ゲームの話の続きですが、ご存じのようにループすることが前提になっているものも数多《あまた》く存在します。場合によっては同じシナリオを成功するまで何度も繰《く》り返《かえ》したり、リプレイのたびに違う結末になったり、何周もすることがトゥルーエンドへの条件であったりと様々ですが、先に述べたように自分たちがループしていると自覚しているプレイヤーキャラはレアケースを除いて存在しないと言えます。エンディングにたどり着いたキャラクターたちは、自分が唯一《ゆいいつ》の主人公であり、この結末こそが唯一の結果であると信じているでしょう。実はそうではないと知ることができるのは我々の側だけです。我々は彼が何度も同じ時空間を繰り返し歩んできたことを知っています。彼が唯一だったと思っている人生や物語、結末には複数のバージョンがあったこと、そしてそのバージョン違いのプレイヤーキャラたちも彼と同じように思っているであろうことも。

これこそが時間ループもの世界の最大の問題提起ポイントになります。つまり本題です。物語世界の住人にとって、最後のループ以外のループ世界はあったことなのか、なかったことなのか。そのどちらでしょうか。

タイムトラベルを例に考えてみましょう。それにはまず、時間移動には何パターンかあるということを明示しておく必要があります。大まかに言って時間移動のパターンは三通りあるのですが、説明しやすいように短いスパンの時間移動を設定します。前提条件は、Aという人物が三日前の過去に時間遡行《そこう》したということだけ念頭に置いておいてください。では、まず一つ目、

・A君が三日前に時間移動すると、そこには三日前の自分がいた。

当たり前すぎる話です。そりゃいるでしょう。特に条件のない限り、自分がその時空間において二人になってしまうのは当然です。問題はその後のA君の行動によって歴史が変化してしまうこと（三日前の自分が三日後に時間移動をして三日前に行かない原因を作ってしまう等）ですが、これはループものではなくタイムパラドックス論の領域なので割愛します。

二つ目は、

・A君が三日前に時間移動すると、三日前の自分と入《い》れ替《か》わってしまった。

これがやや特殊《とくしゅ》な条件です。入れ替わったと言っても、三日前にいた自分がどこに消え去ったのかはわかりません。ただA君がその時点に到着《とうちゃく》した瞬間《しゅんかん》、それまでいた三日前のA君は消《しょう》滅《めつ》し、それ以降もA君はただ一人のA君として存在し続けます。物語的な辻褄《つじつま》として何の問題もなく、タイムパラドックスも発生しません。

三つ目はかなり特殊な条件です。

・A君が三日前に時間移動すると、三日前の自分の身体《からだ》の中にいた。

二つ目と似ていますが、二つ目のタイムトラベルが肉体ごと時間遡行したのに対し、こちらは精神のみの移動です。過去の自分に未来の自分が乗り移り、その際過去の精神とは融合《ゆうごう》するか、弾《はじ》き飛ばすかのどちらかでしょうが、どちらでも同じことですね。三日前までは全く同じ精神を持っていた同一人物なのですから。これもタイムパラドックスとは無縁《むえん》です。三日前よりも長いスパン、例えば十六歳のA君が赤《あか》ん坊《ぼう》時代の自分の肉体に戻《もど》ることも可能で、人生やり直しテーマとしてはこのパターンが最も汎用《はんよう》性に優れていると思われます。

このように三つ並べてみて気づくことがありました。

それは、タイムパラドックスが発生する余地のある厳密な意味での時間移動とは一つ目のパターンだけであり、二つ目と三つ目はタイムトラベル以外の理屈《りくつ》でも説明できるという点に尽《つ》きます。

二つ目は並行世界移動と言っても差し支えありません。A君が元いた世界より三日ほど進みの遅《おそ》いだけでまったく同じ世界に移動したのだとしたら、それはそれで矛盾《むじゅん》はありません。その世界にいた別のA君はどこに行ったのかという疑問は時間移動の場合と同じですので特に解決する必要はないです。

三つ目は完全にリセット&ループです。自分が時間移動したのではなく世界全体がリセットされており、かつ自分の記憶《きおく》だけが何故《なぜ》かリセットされていない、という特殊条件下で起きるタイムトラベルテーマと言えます。というよりも、一般《いっぱん》的に時間移動に絡《から》んでループと設定されているものはこのパターンのものだけと言っても過言ではありません。問題は記憶のあるなしのみであり、ループなのだとしたらA君に記憶があろうがなかろうが、A君以外の人物には何の関係もない出来事となります。

こうしてみると時間移動が個人的なものに対し、時間ループは世界的なものであるという側面が発見できるかと思います。完結な解答を出すなら、時間移動≠時間ループ、とでもなるでしょうか。

ここでまた先のゲームの話に戻ります。

リセット可能なゲーム、特にマルチエンディング方式の分岐《ぶんき》型シナリオを持つゲームの場合、分岐するたびにキャラクターの行動もゲーム世界も枝分かれすることになるわけですが、それでは、それぞれ分岐した世界にいるキャラクター同士には何の関連性もないのでしょうか。あるいはリセットして再びプレイを再開したとき、それまでのキャラクターや彼らがいた世界は消滅してしまったのでしょうか。

この疑問について考えるには、量子論を用いることが最適でしょう。なぜなら、実はこの現実にも不確かなことはあふれかえっており、量子論はまさにそのために考え出されたようなものだからです。本来なら量子論について説明しなければならないところですが、詳細《しょうさい》に解説することは色んな意味で無理気味なのでググるなどしていただくとして、簡単に触《ふ》れます。

光は波としての特性と粒子《りゅうし》としての特性を持っています。それも不思議なことに空間を移動中は波となっていて、何かにぶつかったり遮《さえぎ》られたりすると粒子として観測されるという妙《みょう》な二重性です。まるで人間が光を波動として観測したときには波動として振《ふ》るまい、粒子として観測したときには粒子として振る舞《ま》っているかのような。

では、何も観測していない状態では、光はどのような状態でいるのでしょうか。その答えはどっちでもある、としか言いようがありません。波と粒子両方の性質を併《あわ》せ持《も》っていて、観測するまでそのどちらであるかを明確にできないのです。言《い》い換《か》えると観測した途端《とたん》にどちらかに落ち着いてくれるわけで、これは光のみならず分子、原子、電子などのミクロな粒子の単位ではごく普通《ふつう》にある現象です。ところで我々の身体や身近な物体を構成しているのは煎《せん》じ詰《つ》めれば粒子の集合なのですから、だとしたら我々もまた光のごとき不確実性を持っているのではないでしょうか。

あまり気が進みませんが、かの有名なシュレディンガーの猫《ねこ》に例を演じてもらいましょう。用意するものは光を通さない不透明《ふとうめい》な箱、毒ガス発生装置、猫の三つです。毒ガス発生装置を三十秒後に50%の確率で作動するようにセットし、猫と一緒《いっしょ》に箱の中に放り込みます。さて三十秒が経過したとき、箱の中の猫は生きているでしょうか死んでいるでしょうか。

この時の箱を開けるまで猫の生死が確率でしか言い表せない状態、50%の確率で生きていたり死んでいたりする猫の状態がマクロ的な不確実性です。文字通りの半死半生。しかし観測しようと光を当てたらその勢いですっ飛んでいく微細《びさい》な粒子と違《ちが》い、猫はそう簡単には動かないわけで、箱を開けないと猫の生死が決定されないなんておかしいだろうとお思いでしょうか。僕も思います。この謎《なぞ》のような理屈にまっとうな理論づけをしたものが量子論であり、ただし重ねて言いますが詳細はもっと確かなことを言う人の本や文章を参照してください。

強引に話をつなげます。

どっちかであることは明確なのに蓋《ふた》を開けるまで決定されず、生きている状態と死んでいる状態が重ね合わさった、この気の毒な猫氏の状態と似たようなものが前述のゲーム内現実にあるはずです。

『物語世界の住人にとって、最後のループ以外のループ世界はあったことなのか、なかったことなのか。そのどちらでしょうか』

この問いに対する僕の解答はこうです。『それはあったことだったのだが、最後のループ世界が決定した瞬間《しゅんかん》に消え失せた』。

結末に至るまでループしていた何回もの世界は、物語が決着するまではすべてが重ね合わせの状態にあり、いわば波のように漠然《ばくぜん》としたものだったのですが、最終観測によって粒子のように固定できるものとなったという解釈《かいしゃく》です。量子論的にはいわゆるコペンハーゲン解釈と呼ばれているものですね。コペンハーゲン解釈の詳細についてはグ（以下略）

それまで可能性の一つ選択肢《せんたくし》の一つに過ぎなかった物語世界が、観測行為《こうい》によって唯一《ゆいいつ》の結果として固定される、という考え方はなかなかに美しい。当然、観測行為には行為者である存在、観測者が必要なので、というよりも観測者の数だけ結果が存在すると考えられるので、思《し》索《さく》活動をもっぱらとしている人々、特に作家などと呼ばれている人種には最早呼吸よりも無意識におこなっている脳内作業でしょう。頭の中のもやもやした波のような物語はあらゆる可能性を秘めており、実際に文字や絵として描写《びょうしゃ》し終えるまで決して確定したりはしないのです。

これまた当たり前のことで、我々はそれでよい。無限個の選択肢の中から最善のものを選ぶ、その行為に間違《まちが》いはないどころかそれ以外に何があるんだという感じです。ですが——。

ですが、では物語世界の登場人物にとってはどうでしょうか。自分の意思とは関係なく、また自分の意思と信じつつも実は外部の観測者によって操作されているキャラクターたちは。

彼らにしてみれば、その場その場のループ世界の一つ一つが唯一の現実のはずです。同時並列的に他の時間軸《じく》、世界があると意識はできても知覚できることはありえません。我々がこの現実世界とは別の平行世界を知覚できないのと同じように。

たとえリセットされたのだとしても、その世界にいた彼らにとってそれは唯一無二の現実だったに違いありません。そのことを一番よく解っているのがプレイヤー、つまりリセットボタンを押すことのできる立場にいる我々です。彼らにはその世界がすべてであり、我々が失敗だと思おうがやり直そうが完全に無関係なのです。我々は、ああ失敗したなと思ってやり直せばいいだけですが、失敗した世界に取り残されたキャラクターたちと彼らの世界がその後も延々と続いているとしたらどうでしょう。分岐したポイントから枝分かれした世界が重ね合わせの状態となっているのではなく、失敗バージョンもまた真実の一つなのだとしたら、その世界のキャラクターたちはあまり心地《ここち》の良い人生を送っているとは言えず、ひょっとしたらこんな不運を背負わせた神を呪《のろ》いながら生きたり死んだりしているかもしれません。

この分岐した世界が一つに収束せず、独立した個々の世界として存在し続けるという考え方は、量子論的に多世界解釈と言います。選択肢に出くわすたびに、その都度、世界は分裂《ぶんれつ》し、どちらもが存在し続けるという、大雑把《おおざっぱ》に言うとそのような論理です。多世界解釈についての詳細《しょうさい》は（以下略）ですが、単純に言うとそうですね、あなたが宝くじを買いに行ったとします。一等が当たる確率は非常に低いものですが、なにしろ可能性は無限なので、無限個に分岐《ぶんき》した世界のどこかにいるあなたは見事に一等を引き当てるでしょう。しかし残りの大多数のあなたはハズレです。ハズレたあなたは、どこかの分岐世界に一等に当選した自分がいるからといって、それで幸せな気分になることができるでしょうか。

ちなみに僕はできません。それが赤の他人ならまだしも、どこかにそんな自分がいるという認識はむしろ不快感を覚えます。宝くじ云々《うんぬん》はたとえ話ですが、どこかの平行世界に現在何の不安もなく安穏《あんのん》としている自分がいるとしたらそいつが羨《うらや》ましくて仕方がありません。僕とその立場を代われよっていう話です。今の僕が他の僕からそう思われている可能性もありますが。

枚数的にそろそろ結論を出さないといけない頃合《ころあ》いになってきました。長々と思考実験実践《じっせん》中のような文章を書き連ねてきましたが、おもむろにまとめに入りたいと思います。

・時間ループものにはタイムパラドックスが発生しない。

・タイムトラベルと時間ループの違《ちが》いは観測者の視点位置によって判別することができる。
・物語的要請《ようせい》ではなく、クリエイターまたはプレイヤーの都合によって運命を左右されるキャラクターは、自らを生み出したクリエイターもしくはプレイヤーに反抗《はんこう》する権利がある。
・アインシュタインと量子論はそりが合わなかった（詳細はＥＰＲパラドックスをググるとかで）。
・この文章は単なる問題提起であって何らかの絶対唯一の結論を導き出そうと言うものでは決してなく、あくまでも僕個人の思考の垂れ流しである。よって異論反論間違いの指摘《してき》等はあったほうが嬉《うれ》しい。

最後に、世界の分岐とかそんなの現実問題としてありえない、どうやったってフィクションの世界や創作物の中にしかないよ、と一蹴《いっしゅう》する方々が大半だと思います。何《なに》を隠《かく》そう僕もそうなんですが、多世界解釈をその主張通りに受け取ると、間違っているのは僕たちのほうです。猫《ねこ》が入っている箱を開けたとき、我々が目にするのは生きた猫か死んだ猫のどちらか以外にあり得ません。生きている猫と死んでいる猫を同時に観測することはできないのです。これが何を意味するか。なぜ我々は生死が半々である猫の状態を同時に見ることができないのでしょうか。

答えは単純、多世界解釈によると、分岐したのは猫の状態ではなく観測者たる我々だからです。箱を開けた瞬間、我々は生きている猫を見ている我々と、死んでいる猫を見ている我々に分裂してしまうのです。正確には猫の状態を観測し得た我々の世界そのものが、観測という行為《こうい》によって分裂してしまったというわけです。生きている猫を発見した我々が、同時に死んでいる猫を発見することができないのは、その時点で世界が別ルートを発生させてしまったからであり、その世界の内側にいる以上、我々は常にどちらかの状態の猫しか観測できないのです。

もし、あなたが何らかの岐路《きろ》に立たされたとき、一方を選んだあなたは、もう一つのあり得た別の道筋を過去に立ち返ってやり直すことができません。なぜなら、その道は別のあなたがすでに通ってしまっているのですから。

我らゆめゆめ忘れることなく、ただ一つの物語の中でせいぜい泳ぐことにしましょう。泳がされているのだとしても、楽しんだ者の勝ちです。とっちらかり放題のつたない文章、ご拝読ありがとうございました。それではまた。

第五章 SOS 座談雑談

2011年4月、「涼宮ハルヒの驚愕」完成後に行われた谷川流、いとうのいぢ、担当編集者らの座談会。谷川家のペット事情や学生時代のエピソードが明らかに……。

聞き手：本日は『涼宮《すずみや》ハルヒの驚愕《きょうがく》』の原稿《げんこう》・イラスト無事完成を記念しての作家・イラストレーター・編集座談会を行いたいと思います。谷川さんといとうさん、本当にお疲《つか》れ様《さま》でした。

いとう：「ハルヒの力って本当にすごい」って思ったのが、今回の東日本大震災《だいしんさい》の時。色んな方に見て頂けて、「元気が出ました」って嬉しいお言葉も沢山頂きました。許可もなくハルヒを描《えが》いてしまって申し訳なかったんですけど……。

谷　川：全然問題ないです。

いとう：ありがとうございます。チャリティで描かせてもらったイラストも、みんなハルヒ大好きなんだなっていう反響《はんきょう》が伝わってきて。このパワーはいったいどこから!?　と。

谷　川：それは本当に絵の力ですよ。文章でいくら書いても、嘘《うそ》くさくなっちゃう。お悔《く》やみとお見舞《みま》いの言葉から始まって、テンプレートで終わらせざるを得ない。

いとう：確かに文章は気を遣《つか》いますよね。

聞き手：そうした状況《じょうきょう》の中、無事に刊行準備も進んでおり、初回限定版の初版は五十一万三〇〇〇部となりました。ここでは初回限定版の特典小冊子を含《ふく》む『驚愕』の裏話や、これまでを振《ふ》り返《かえ》ってのお話、お二方のプライベートなども聞いていければと思います。

編集1：そういえば谷川さん家の猫《ねこ》って今何歳でしたっけ？

谷　川：もう遊ぶ歳じゃないですね。一匹《いっぴき》が二〇歳。

一　同：二〇歳!?

谷　川：もう一匹は、一〇歳以上ではあるんだけど、正確には何歳か不明。そして二〇歳の三《み》毛猫《けねこ》の方は、カルカンのカリカリしか食わないです。他のは全然見向きもしない。匂《にお》いだけ嗅《か》いで「これちゃう」みたいな顔をするんです、昔っから。

編集1：それが長寿《ちょうじゅ》の秘訣《ひけつ》なのかなあ……。

谷　川：もう一匹のアメリカンショートヘアはほんとに何でも食います。

いとう：猫が食べたらいけないものとか、大丈夫《だいじょうぶ》ですか？

谷　川：あるんだろうけど、多分そんなに気にしなくても、あいつら結構大丈夫ですよ。

編集1：うちなんて飼ってる犬に絶対人間の食べ物を食べないよう厳しくしつけてるのに……。

谷　川：うちで昔飼ってた犬はカレーの残りが大好物でしたけどね。

編集1：それ相当塩分が高いですよ！

谷　川：だめなんだろうけどね。でも昔はドッグフードとか高級なものあんまりあげられなかったですからね。

編集1：確かに昔の飼い犬は汁《しる》かけご飯、飼《か》い猫は鰹《かつお》節かけた猫まんまでしたね。

谷　川：まあでもうちのアメショはきゅうりとかトマトとかぱくぱく食べますよ。
いとう：猫の種類によって食べ物の好みって違《ちが》うんですかね。それとも個体差？
谷　川：育ってきた環境《かんきょう》は同じなのにけっこうな違いがありますからね。生まれながらの個性があるのかなと。
いとう：なるほど。今飼っているのはその二匹《ひき》なんですか？
谷　川：そうです。今日も猫に起こされてきました。
いとう：いいなあ、羨《うらや》ましい。
編集1：新しい家族を迎《むか》える気はないんですか？
谷　川：もう充分《じゅうぶん》のような気がして。
編集1：でも二〇歳ともなれば、そろそろお迎えがきてもおかしくないじゃないですか。
聞き手：縁起《えんぎ》でもないことを‼
編集1：いやでもペットロスって切実な問題ですよ。今から備えておかないと。
いとう：まあ確かに……。うちが飼っているのはインコですけど、いなくなったらと考えると、やばいですね。
谷　川：うちはもう、充分一緒《じゅうぶんいっしょ》にいましたからね。
いとう：うーん……。
聞き手：三毛の方は学生時代からの谷川さん、アメリカンショートヘアの方は作家デビュー前からの谷川さんを見てきているわけですね。

谷　川：まあ三毛の方とか、こう段ボール箱に入れられて「ひろってください」て鳴いていたのを妹が拾ってきたんですけどね。うちの動物は大概《たいがい》妹が拾ってきたんですよ。そして皆《みな》やたら長生き。

いとう：いい環境なんだ。

編集2：シャミセンはどっちの猫に似ていますか？

谷　川：四年くらい前まで一緒《いっしょ》にいた黒猫《くろねこ》と、三毛猫をあわせたような感じですかね。性格的には黒猫の方に近いかな。めちゃめちゃ頭のいい奴《やつ》で、他の猫ができなかった窓の開け方も学習していましたし。それで勝手に外へ出かけていったこともありましたね。

聞き手：シャミセンに似ているということは、谷川さん家の猫は全てオスですか？

谷　川：全部メスです。うちで飼っていた犬から文鳥まで、全部メスでしたね、何故《なぜ》か。三毛猫のオスって滅多《めった》にいないですからね。まあでも、二〇年も生きてるこの三毛猫って猫じゃないんじゃ、ってくらいむっちゃ元気ですよ。

いとう：いまだに走り回ったりするんですか？

谷　川：ええ、体型も二〇年前から変わってないし。太りも痩《や》せもせず。でもアメショはあっという間にぶくぶくになってしまいましたね。お客さんが来ても、五分後にはその膝《ひざ》の上に乗ってるみたいな。

一　同：うわー、いいなあああ。
谷　川：よく電話してる時にゴロゴロ言ってるのは全部アメショです。
編集2：ああ、なるほど！　そういえばいとうさんと電話で打合せしている時にインコの「お肉さん」の声が聞こえてきたこともありました。
聞き手：「お肉」っていう名前なんですか？
いとう：最初にふざけてそう呼んでいたら、そのまま馴染《なじ》んじゃって（笑）。
谷　川：鶏肉《とりにく》ですな。
いとう：ですね（笑）。もうね、電子機器が大好きなんですよ。電話している時もそうなんですけど、iPhoneとかパソコンとかを見つけるとすごい勢いで飛んで来て、そして舐《な》める。
編集2：な、舐めるんですか……。
谷　川：うちの猫も、僕が電話していると寄ってきますね。
いとう：動物には気になるのかなあ、電話って。
谷　川：「この人、何か独りごと言うてはる……」て思って見ているのかも。
いとう：そっち!?（笑）　そうか、動物には分からないですよね。
谷　川：ひょっとしたら心配して見に来てくれているのか？　と思うことありますね。
いとう：そう考えると可愛いな～！

谷　川：パソコンに向かっていると膝の上に乗ってきて、モニタの後ろを覗《のぞ》いて「何かあるの？　いったい何を眺《なが》めてるの？」って顔をしてるし。

聞き手：パソコンのキーボードは押されないんですか。

谷　川：キーボード押されたことはないんですけど、たまにこのへん（谷川さんの右手側）にいて、僕がこうカチカチ打ってたら、ものすごい勢いでカーソルがうわわわわわわ！って動いて、なんやねんと思ったら猫《ねこ》がマウスいじってたということが。

一　同：（笑）。

谷　川：まさかそんなことになってると思わないから最初パソコンがおかしくなったのかと……。よくありますよ、猫は。勝手に留守電消したりとか。あと呼び出し音をオルゴールに変えられたり。昔それで会社から電話がかかってきた時に全然気付かなくて、後で「何やってんやー」「猫が消音にしてましたわー」「あるかぼけー」ていうことがありました。

編集1：のいぢさん家のインコも可愛いそうですね。肩《かた》に載《の》ったり。

いとう：毎日一時間くらい部屋の中に放して遊ばせてあげてるんですよ。ほとんどほったらかしにしてるんですが、お腹がすいたら自分でケージに戻《もど》るので。

聞き手：でものいぢさんのところに飛んできて iPhone ペロペロするんですよね。

いとう：そうなんですよ（笑）。私が iPhone いじってると寄ってきて、止まってペロペロし始めるのでカーソルがどんどん戻ってしまう（笑）。

聞き手：そういえば、お肉さんとの出会いはどんな感じだったんですか？

いとう：ある日うちのマンションのベランダに飛んできたんですよ。柵《さく》の所に留まっていて、それで「いえーい」と手を出してみたら、そのまま乗ってきて……お腹がすいていたのかな。迷い鳥の届け出はしたんですが、そのままうちに居着いてしまいました。

編集2：谷川さんは、そういう小動物系は飼ったことありますか？

谷　川：クサガメは飼ってましたね。

編集2：小説に登場していない動物もいます？

谷　川：ハムスターとインコと文鳥。ハムスターは長生きしたんですよ。

いとう：ちっちゃいので短命そうなイメージですけどね。

谷　川：ハムスターは、あいつら冬眠《とうみん》しやがるんですよ。最初それを知らなくて「あ、死んだわ！」と思って。で「しょうがないね」て言って庭に埋《う》めようとしたら、ぴくぴく動いてる気がしないでもない。でもめっちゃ冷たいし……で、ためしにこたつに入れてみたら、ぷぎゃ！　て言って「あ、生きてたわ」と。

＊

聞き手：谷川さんもいとうさんも、生まれから現在までずっと関西ですか？
いとう：そうですね、ずっと関西です。
谷　川：本籍《ほんせき》から何から関西ですね。基本ぜんぶ兵庫県です。まあ兵庫県も北部に行くと、全然違《ちが》う国になってますけどね。同じ県とは思えないくらい。
いとう：あんまり行ったことないんですよね。そんなに違いますか。
谷　川：ほんと山の中なんですよ。
編集1：そういえばキョンの家の田舎《いなか》はそっち方面のイメージでしたよね。
谷　川：そんなイメージですね。
いとう：えっそうなんだ！
谷　川：キョンの回想の中でですけどね。山と山の間に、細長ーい集落がある感じですね。
編集2：そういえば、キョンの妹と谷川さんの妹さんって、似ているところがあったりするんですか？
谷　川：何ひとつ似てないですね。
いとう：めっちゃ即答《そくとう》（笑）。キョンの妹といえば、かなり幼く描《えが》いてしまったことを今も若干引きずっているんですよね。
編集1：そうですか？
いとう：ええ、小学校五年生じゃないですか。でもあのビジュアルだと二、三年生くらいに見えてしまう……ロリっとさせてしまったなあと。

編集2：でもすごく天真爛漫《てんしんらんまん》なキャラじゃないですか。だから最初のキャラデザの段階で、あの方向にしたのかなと思っていましたが。

谷　川：どうだったっけ。

編集1：友達のミヨキチが大人っぽい子だから、対照的になって結果オーライかと。

聞き手：アニメでも、役者さんが可愛らしく演じてらして良かったですよね。

いとう：そういえば、アニメではシャミセンの声が緒方賢一《おがたけんいち》さんだったので「うおお、かっこいい！」て思いましたねえ。

編集2：単発の出演で猫役のためにご足労いただいてもいいのかというドキドキ感もありましたけどね。

編集1：劇場版『消失』の時は、ひと言「ニャーゴ」て言ってもらうために来てもらったんですよね。

いとう：すごいなあ……。

聞き手：『消失』のアフレコはお二人とも見学されましたか？

いとう：うかがわせていただきました。

谷　川：最後の方に一度だけ。アフレコ現場にいると、ぶっ倒《たお》れそうになるんですよね。

いとう：疲《つか》れるってことですか？

谷　川：何というか……自分の書いた台詞《せりふ》を読み上げられることが。
いとう：そういう意味ですか（笑）。やっぱりあるんですね、そういうことが。
編集1：谷川さん、ものすごく汗《あせ》かいてましたよね。
谷　川：冷《ひ》や汗がもう。
聞き手：やはり色々な思いがこみ上げてくるのですか。
谷　川：いたたまれないです。
聞き手：でも彼らの会話、彼らの過ごす北高での日々は、多くの読者の心をつかんでいると思います。……そういえば、谷川さんもいとうさんも高校は共学だったのでしょうか。
いとう：はい、共学でしたね。
谷　川：めっさ共学ですね。北高ですから。
いとう：女子高とか、ちょっと憧《あこが》れの響《ひび》きですけどね。
谷　川：僕がショップで働いていた頃《ころ》にアルバイトで雇《やと》っていたのはだいたい女子高の子でしたけどね。一番面白かったのはA市で働いていた頃かな。
いとう：いいですね～、お嬢様《じょうさま》アルバイトじゃないですか。
谷　川：本当のお嬢様もいましたよ。
いとう：羨《うらや》ましい、その店行きたいわ（笑）。
谷　川：話聞いてても面白かったですね。女子高だからというより、その子ら本体が面白くて。

こいつらどんだけアホやねんと毎日ゲラゲラ笑ってました。すごい箱入りの子もいて、いったい何をしたら怒《おこ》るの？　ていうぐらい気立てがよくてしかも美人、君反則やろ！　みたいな子もいましたね。

いとう：いい話じゃないですか～。

編集2：挨拶《あいさつ》は「ごきげんよう」ですか。

いとう：それ『マリみて』じゃないですか（笑）。

編集2：大好きでして……。でも羨ましいなあ、店長さんとお嬢様アルバイトかあ。ハルヒの中で登場するお嬢様というと鶴屋《つるや》さんですけど。

谷　川：さすがにああいうタイプはいないですけど、阪中《さかなか》さんみたいな子はいたかな。

いとう：でも神戸やA市は上品なイメージですよね。

谷　川：神戸は案外そうでもないですよ。あ、でも大学時代に、神戸の大きなお店のお嬢《じょう》さんはいましたけど。すごいのんびりした子で。

いとう：ああ、そうですよね。本物のお嬢さんってかつかつしてないというか。

谷　川：すんごいのんびりしてるんだけど、酔《よ》っ払《ぱら》うと何かおかしくなるんですけどね。この間一〇年ぶりくらいに会ったけど、全然変わってなかった。

編集1：それは偶然《ぐうぜん》再会したんですか？

谷　川：いや、部活の同期の集まりで。男は皆《みな》変わり果ててましたけど、女性陣《じん》はほとんど変わってなかったな。

編集2：谷川さんって美術部でしたっけ。

谷　川：美術部です。正確には絵画部。月にちなんだ名称《めいしょう》が付いてました。大学の校章が三日月だったから。

いとう：しゃれてますね。

谷　川：その絵画部の部室が、学校の敷地《しきち》の外に建てられたプレハブの二階で、ほぼ治外法権だったんですよね。

いとう：やりたい放題じゃないですか（笑）。

谷　川：よく鍋《なべ》パーティーとかしてました。徹夜《てつや》で飲んだくれたり。

いとう：ハルヒたちがやっているようなことをしてたんですね。

編集2：女子もいたんですか。

谷　川：多かったですね。

編集2：いいな〜。谷川さんリア充《じゅう》だったんですね、学生時代もお勤め時代も。

谷　川：そんなにいいものじゃなかったですけどね。働いていた頃は、それは仕事だし。お嬢様に仕事を教えなきゃならないし。サークル活動は良かったかもしれないですけど。

いとう：作家になってからの人生と、サークル活動をしていた頃と……どっちがいいとか比べるものじゃないとは思いますが、作家になって良かったと思いますか？

谷　川：うん。
いとう：作家としての仕事もしんどいとは思いますけど。
谷　川：まあ、夢でしたからね。
いとう：でもそうしたら、叶《かな》っちゃったわけですよね、夢が。
谷　川：ある意味ね。
いとう：でもまだ、やりたいことはあります？
谷　川：書きたいことはね、いくつかありますけど。
いとう：ああそうなんですね、やっぱり。色々持ってはるんですね。
谷　川：考えただけで満足してしまうというか。
いとう：まじですかー（笑）。でもそこは書いていただかないと、うちらも読めないじゃないですか！
谷　川：でも要求されるものに見合うだけの文章力を身につけなければいけないと今考えていまして。
いとう：そんな風に考えてらしたんですね。
編集2：修業の場はいくらでもご用意しますよ！
一　同：（笑）

＊

聞き手：「ザ・スニーカー」の過去の記事を見返しますと、谷川さんといとうさんが前回対談をされたのが二〇〇五年の十一月なんですね。

編集2：雑誌の記事でも、いとうさんにはたくさん描《か》き下ろししていただいて、本当にお世話になりました。

いとう：いえいえ、それだけハルヒの記事は反響《はんきょう》が大きかったからでしょうし。

編集1：二〇〇五年の時は、祝TVアニメ化ということでお二人に対談していただいたんですよね。今回は『驚愕《きょうがく》』が無事完成してめでたいということで。

いとう：うんうん、『驚愕』本当に面白かったです。ほんとうに。

谷　川：ありがとうございます。

いとう：面白くないわけがないと思っていましたけど、予想以上にわくわくするお話で、これは読者さんもみんなすっごく喜ぶだろうなあと。発売が今から楽しみです、スタッフの一人として。

編集2：いとうさんが驚愕したシーンってどのあたりでした？

いとう：驚愕シーンは色々ありすぎて！（笑）　藤原《ふじわら》とか「えっ⁉」っていう展開で、あまり深く考えずにデザインしていたけど良かったんだろうかと今更《いまさら》ながら思ったり。ああいう人物の相関関係はやっぱり最初から決めてあって、今回変更《へんこう》したりはしていないんですよね。

谷　川：基本的には『分裂《ぶんれつ》』の時に考えた設定のままですね。

聞き手：後巻のカラー口絵で描《えが》き下ろされたシーンなども、まさに驚愕の場面ですよね。

編集2：やっぱりイラストで見たかったので、あのシーン。ネタバレのことも考えましたけど、あの後さらに大きな展開がありますからね、谷川さんにもご容赦《ようしゃ》いただけるかなと。

いとう：谷川さん的にはOKでした？

谷　川：まだ担当さんから見せてもらってないんで。

いとう：ちょっ、それが驚愕ですよ！（笑）

編集2：いや、素晴らしい仕上がりになっているので大丈夫《だいじょうぶ》ですよ！

聞き手：今回『驚愕』の発売に合わせて、「週刊ファミ通」や「週刊アスキー」の表紙をハルヒが飾《かざ》ったり、色々な雑誌に登場予定ですから、それらが出揃《でそろ》ったらぜひまた座談会を設けて谷川さんのご感想をうかがいたいですね。

＊

編集2：料理以外の趣味《しゅみ》を模索《もさく》中なんですよね。何がいいですかね。
谷　川：麻雀《マージャン》理論の研究かな。
聞き手：かなりお好きだとお聞きしていますが、谷川さんの担当ならたしなみとして必須《ひっす》科目なのかもしれませんね。
編集2：いや麻雀はできるんですよ？　でも僕は勘《かん》で打ってるので、場を見ながらとか相手の捨て牌を見ながらとか、理論的には全然できないんですよ。思考回路が追いつかなくて。必勝の法則とかあるんですか？
谷　川：そんなのあったらボロ勝ちしてますよ。
編集2：ですよねー。谷川さんのスタイルってどんなでしたっけ？
谷　川：とにかく振《ふ》らない。
編集2：そこからかー。
いとう：そんなに麻雀って面白いんですか？
編集2：ゲームとしては結構面白いですよ。
谷　川：麻雀プロは増えましたよね。女性も多いし。美人女性プロ！　っていう売りの人とかいます。
聞き手：チャイナ服とか着てグラビアに出ている女性プロとか雑誌で見ますね。
いとう：それはかっこいい！　そういうキャラクターが出てくる小説だったら挿絵《さしえ》描《か》きたいで

すよ。

編集2：じゃあ次回作は「涼宮《すずみや》ハルヒの麻雀」で。

いとう：新作じゃなくてハルヒでですか！（笑）

編集1：さっきから麻雀の話ばかりになってますが……ちょっと別の話しましょうよ。

谷　川：僕は一日の八割くらい麻雀のこと考えてるけど。

編集1：もっと別のこと考えましょう！

聞き手：いとうさんは最近ゲームってやってるんですか？

いとう：最近は忙《いそが》しくて全然ですね。昔、実家にいた頃《ころ》は大好きでしょっちゅうやってましたけど。

編集1：前に「うちにWii-fitを置くスペースがない」と言ってましたが。

いとう：ないんですよー。引《ひ》っ越《こ》しするので、そうしたら置けるようになるかもですが。

谷　川：引っ越し先は、今のところから大分離《はな》れるんですか？

いとう：いえ、割と近いところに引っ越すんですけど、もうちょっと京都寄りになりますかね。

谷　川：あっちの方、サラリーマン時代に時々行ってました。服の流通用の倉庫があって、そのビルの上で月に一度の店長会議があったんで。寝《ね》てましたけど。会議が終わった後、店に戻《もど》らないで直帰できるのが良かったですねえ。

いとう：その頃と作家になってからと、生活ってかなり変わりました？

谷　川：生活自体は変わらないですね。デビューの前後では全然違《ちが》いましたけど。僕デビュー前は再就職しようと思ってハローワークに行ってはぼんやりしてましたし。

編集1：ハローワーク行ってたんですか？

谷　川：行ってましたよ。失業保険もらって、図書館でひたすら本読んでました。でもさすがにもう貯金も尽《つ》きるし、もうだめだと思って。

編集2：そんな矢先のデビューだったんですか。

谷　川：電撃《でんげき》文庫の編集さんから電話があって。その時「そういえばスニーカーの新人賞に応《おう》募《ぼ》してたっけ……まあ無理だろ」と。

いとう：絶妙《ぜつみょう》なタイミングだったんですねえ。

聞き手：いとうさんが『灼眼《しゃくがん》のシャナ』と『涼宮ハルヒの憂鬱《ゆううつ》』のイラストを担当することに決まった時期もかなり近いですよね。

いとう：そうですね、ほとんど同じくらいにご連絡《れんらく》をいただいて。

編集2：でも谷川さんが受賞してから文庫発売まで四ヶ月くらいですか。かなり速かったですね。

編集1：タイトルをどうすべきか悩《なや》んだんだけど。

聞き手：特製小冊子の「制作秘話」に載《の》っているあれですね。編集者の試行錯誤《さくご》がうかがい知れるエピソードでしたが。

編集1：今でこそ難解なタイトルの作品も多く出ているけど、あの当時『憂鬱』という文字をタイトルに入れるのはリスキーだったんですよね。結局は『涼宮ハルヒの憂鬱』を超えるタイトルが浮《う》かばなくて、そのまま行くことになったんですけど。

谷　川：応募前に一〇秒くらいで考えたタイトルですけどね。

いとう：いやー、でもパッと思いついたアイデアが一番いいってことありますよ。

谷　川：ずっと無題で書き続けてきて、無題で印刷して、でもさすがに無題で応募するのはダメだろうから何か考えようと……その時本棚《ほんだな》を見たら吉野《よしの》朔実《さくみ》さんの『栗林《くりばやし》かなえの犯罪』が目に留まったから、「よしこれをパクろう！」と。

編集1：それは初めて聞きました。

谷　川：なので、もっといいタイトルが編集から提案されていたら変えるのはやぶさかでなかったんですけどね。

聞き手：あの制作秘話では、タイトル案やいとうさんへのイラスト依頼《いらい》ラフも公開されてましたね。

編集1：ひどい画力でも、いとうさんや美樹本晴彦《みきもとはるひこ》さんにちゃんと依頼して良いイラストを取れていたのが僕の自慢《じまん》ですよ！　依頼ラフは、意図を伝えつつイラストレーターさんのイマジネーションをかきたてるものが望ましいんです。

いとう：（笑）確かに、あまりにかっちり作り込んだ依頼をいただくと、それ以上何もできなくなってしまうということはありますよね。
聞き手：イラスト依頼の話になったところで、この座談会が収録されるファンブックの、描《か》き下ろしのご相談をさせていただけますか。今回、いとうさんには表紙とピンナップを描《えが》いていただくことになっています。表紙イラストはハルヒで決定していますが、ピンナップをどうするか、まだ決まっていません。ぜひ皆《みな》さんの意見もお聞きしたいのですが。
いとう：うーん、そうですねえ……。
編集2：『驚愕《きょうがく》』ではハルヒと佐々木《ささき》を沢山描《たくさんえが》いてもらっていて、長門とみくるのカラー描き下ろしを最近頼《たの》んでいない気がするので、長門&みくるのサービスショットとかどうでしょう。
谷　川：ヤスミにしようぜっ。
編集1：斬新《ざんしん》な意見だなあ。
谷　川：ヤスミと佐々木は今回限りの登場人物だし。
いとう：そうなんですよね。もったいないと思いつつ、でもだからこそ光るキャラクターなのかも。
谷　川：本当は『驚愕』前後巻の表紙、佐々木とヤスミにしてほしかったくらいで。
編集2：ヤスミと佐々木が同時に存在するイラストは本編ではありえないですからね。あえて聞き手：その2ショットを描いてもらうのは面白いかも。二人ともそれぞれの世界において、ハルヒとカードの裏表になるようなキャラクターですから、ハルヒを挟《はさ》んで3ショットはいかがですか。

編集1：せっかくの公式ファンブックなんだから、SOS団五人揃《そろ》ったのとかがいいんじゃ……。

谷　川：「またこいつらか」っていう気がしませんか？

聞き手：（笑）ではピンナップはヤスミと佐々木をいとうさんに描いていただきましょうか。SOS団集合の図は、『驚愕』の次の巻で見ることができるのでしょうか。

編集2：ど、どうなんでしょう……？

谷　川：プロットまだ送れてないですけど、書いてはいるんですよ。書いてるんだけど、なんか途中《とちゅう》で投げ出しちゃって……じゃあ今、口頭で言います。

編集2：え、はい、お願いします！

谷　川：●●が落ちてくるんです。

いとう：すごい。

谷　川：●●が落ちてきて——

（※以下禁則事項《じこう》）

谷　川：――そんな感じです。
編集2：くっそーすごい面白そうだ！
いとう：この話は外に漏《も》れちゃいけないですねえ～（笑）。
谷　川：電撃《でんげき》では色々プロット出してるんですけど、スニーカーはほったらかしておいてくれたんで。プロット出したのって二回くらいかな。
編集1：ほったらかしてたんじゃなくて、谷川さんプロット出さないで書いてきちゃってたんじゃないですか！
谷　川：だって書けって言われないんだもん。
いとう：まあまあ、結果オーライじゃないですか（笑）。
谷　川：僕『消失』の時も今日みたいに口頭でプロット伝えただけだったし。
編集1：『憂鬱《ゆううつ》』は受賞作をほぼそのまま刊行して、二作目の『溜息《ためいき》』の時はプロットを出してもらったんですよ。あと「ザ・スニーカー」に載《の》せる短編で二、三回プロットを出してもらったかな。以降は書いてないですよね……。
いとう：でもそういう瞬発力《しゅんぱつりょく》を大事にして、面白いものを書けるという方もいるんじゃないですか。
谷　川：プロット書いてると絶対間に合わないと思って見切り発車で書いていたという部分も

ありますね。それで書き上げてダメって言われたらまあしょうがないと思いながら。

いとう：ああ、でも私もたまにありますね……ラフの提出がすごく遅《おそ》くなってしまった時、チェックを待つ間進めてしまってたりとか。直しが入ったらその時はその時だって思いながら（苦笑）。今のところはありがたいことにそれで何とかなっていますけど。

聞き手：新人の作家さんやイラストレーターさんがやったらリテイクの嵐《あらし》で大惨事《さんじ》になるのでは。

谷　川：でもこまごまプロットをやりとりするより、時には編集がどーんと構えて書かせるというスタンスを取るのも大事なんじゃないですか。

編集２：まあそのあたりは作家さんのタイプにもよりますが（苦笑）。僕の担当している先生方の中にも、最初にどーんと書いてこられる方もいれば、緻密《ちみつ》なプロットを作成して編集と打ち合わせる方が安心するという方もいますし。どちらにせよ、信頼《しんらい》関係があればこそですよ。

谷　川：「ハルヒ」に関しては、さすがに信頼していただいて大丈夫《だいじょうぶ》です。そんな変なものは書きませんよ。

編集２：もちろん、信頼してますとも！（笑）

＊

聞き手：谷川さん、電子書籍《しょせき》版のハルヒはご覧になっていますか？

谷　川：いいえ、ものっすごいアナクロなんで。スマートフォンまだ持ってないですし。何がオススメなのか検討しているところです。今使っている携帯《けいたい》の前のやつが壊《こわ》れた時、ソフトバンクだったんでiPhoneにしようと思って店に行ったんですよ。でもややっこしいことをやたら言われて、切《き》り替《か》え手続きがうんぬんかんぬんと……やかましいわ！　と思って、そこにある人気NO．2の、簡単なやつをくれ！　と。

いとう：なぜ（笑）。

谷　川：壊れた携帯が、バッテリーさえ替えればデータを移せると思って修理に持って行ったのに、直っても電話帳やアドレスの復元はできませんと言われたんですよ。じゃあ意味ないわと。

いとう：ああ、それは新しいのを買うしかないですよね。

谷　川：だから今の携帯に電話がかかってきても誰《だれ》からなのか全く分からない。

聞き手：全て不明な着信じゃないですか。

谷　川：留守電に残っているメッセージを聞いて分かった人にかけ直しています。

編集1：独特な携帯の使い方ですね……。

谷　川：店で「あなた電話帳のバックアップデータをサーバに預けるサービスに加入してますよ」と言われて、おっ！　と思ってそのデータを見てみたんですが、0件でした。

編集1：だって加入した後自分で操作しないと、保存されないでしょう……。

聞き手：今のお話を聞いていると、PCの原稿《げんこう》のバックアップは大丈夫かと気になるところですが。

谷　川：原稿のバックアップは二重三重にしてますね。ただちょうど去年の今くらいの時期にパソコンがクラッシュして。まあハードディスクは無事で、おかしいのはマザーボードだったんですけど。

いとう：うん、よくある話ですね（笑）。

聞き手：いとうさんもイラストデータの保存には気を遣《つか》われているのでは。

いとう：そうですね、自宅のサーバにデータを置いて、バックアップも取って。何しろ容量が大きいので……データが飛ぶと怖《こわ》いですよね。

谷　川：定期的に飛びますよね。

いとう：（笑）でもMacはWindowsよりもまだましかもですね。Windowsを使っている絵《え》描《か》きさんからはしょっちゅう怖い話を聞くので。

谷　川：僕の前のパソコンも、書いてる最中に突然《とつぜん》ブルースクリーンになったことが。

いとう：大変じゃないですか！
谷　川：もう「ああ……」って。
いとう：やる気なくしますよね〜。
谷　川：それでちょっと原稿が遅《おく》れたと思っていただければ。
編集1：「思っていただければ」って！
谷　川：でも朗報もありまして。東京の仕事場で使っているノートパソコンの、親指シフトの問題の画期的な解消システムをこの前発見しました。親指シフトってOASYSじゃないと普通《ふつう》に動作しない設定なんですけど、僕ATOKを使っているので、かなり不自然な環境《かんきょう》で仕事してるんです。で僕はOASYSでも元々はWX使いなので……。
いとう：分からなくなってきた！
編集1：谷川さんあの、それ四〇代以上でないと分からない話かと。
谷　川：WX―2、3、GにきてようやくATOKに移行して、その環境で使っているので、親指シフトだとかなり不自然になるんです。うっかり親指シフトキーを先に押すと、日本語入力モードが解除されるという。だから同時打鍵《だけん》しないといけない。
いとう：それめっちゃ大変じゃないですか⁉
谷　川：うん、でもこの日本語入力モードが解除されるモードを解除するキーカスタマイズを発見したわけです。

いとう：ややこしい！（笑）

谷　川：今はこの不具合から解放されて非常に快適です。

編集2：おお、じゃこれからますます筆が進みますね！

谷　川：まあ東京のノートパソコンだけの話ですけど。

編集1：しかしこれ、今のライトノベル読者おいてけぼりの話題ですね。

いとう：私もかろうじてOASYSは知っているけど……という位ですからねえ。でもハルヒは幅広《はばひろ》い年代の人に読まれているから、分かる方も結構いるんじゃないですか。

谷　川：WX知らないとは、君ぃ！

いとう：（笑）。でもそれが生産終了《しゅうりょう》してしまったらどうするんですか。

谷　川：うーん、まあ親指シフトキーボードが完全に絶滅《ぜつめつ》することはないですよ。一定の需要《じゅよう》があるので。

いとう：あ、そうなんだ。

谷　川：だから僕は今こう言いますね。「もしあなたが作家になりたいのであれば、まず最初に親指シフトキーボードを導入すべし。まずはそこからだ！」と。

いとう：まじですか⁉

谷　川：まじです。

いとう：すごいこだわりですねえ。

編集1：すごいアドバイスだなあ、プロットでもなくキャラ作りでもなく、まず親指シフトからですか（笑）。

谷　川：何せね、ほんとにすごい楽。桁外《けたはず》れに楽。僕も最初はローマ字入力だったんですよ。でも十数年くらい前に、結構色んな作家さんが親指シフト親指シフト言ってたのでいっぺん導入してみようと思ってやってみたんですよ。最初はそりゃ打ちにくかったですよ。でも一週間くらいひたすら練習していたら、こんなに素晴らしいものはないわーと考えが変わりました。

編集1：（笑）谷川さん、今いくつキーボード持ってるんですか？

谷　川：三つくらい。その販売《はんばい》中止になったやつと、今使っているやつと、それが使えなくなった時の緊急措置《きんきゅうそち》用にUSB接続のコンパクトなやつと。

聞き手：谷川さんの親指シフトに対する思いがこれほどとは思いませんでした。

谷　川：親指シフトはもう、いったん慣れると離《はな》れられないです。

＊

聞き手：文章やイラストがデジタル作業で生み出されて、最近はそれを読む・見る側もデジタルデータで楽しむ流れになってきていますよね。ハルヒシリーズも、角川の「BOOK

☆WALKER」でかなりの数がダウンロードされていますが。

谷　川：小説を「ダウンロードして読む気にはならないんだよなあ。漫画《まんが》ならいいかな。

いとう：私は漫画もまだ紙がいいな……。小説の原稿《げんこう》も、出力したものとデータと両方送っていただきますけど、やっぱり紙で読むほうがいいですね。どうしても目が疲《つか》れてしまって。

聞き手：日々お仕事でモニターに向かっている方は、確かに読み物は紙媒体《かみばいたい》でというお気持ちになるかもしれませんね。出版の未来を考えると、紙の本はどんどん嗜好《しこう》品としての性質が強まっていきそうですが。

谷　川：欧米《おうべい》ではそうなるでしょうね。

編集1：欧米は本屋の事情も日本とは違《ちが》いますしね。

谷　川：でも、何かを記録するメディアとして、紙以上のものはまだ出来ていないと思うんですよ。

いとう：デジタルデータはまだ何百年も残っているものってないですし、読むためのデバイスがなきゃ意味ないですからね。

編集1：一〇年前の5インチのフロッピーディスク、手元にあっても読めないですしね（笑）。

谷　川：そういえば今のパソコンってフロッピーディスクドライブ付いてないですね。

編集1：生産終了したんですよ、確か。

谷　川：僕が昔書いていた小説を残してるフロッピーディスク、2DDなんだけど。だから、その頃《ころ》書いたものは全部お蔵入りですよ。僕のこの、青春の原点的な小説の数々が（笑）。

編集2：……読み取れる機種、探してきちゃいますよ？

谷　川：まあ、二〇年近く前に書いたものですけどね。高校生の時ね、文芸部にたまに行っていて、そこで使っていたのが2DDのフロッピーディスクだったんです。文芸部で冊子を作るというんで、他の人の書き起こしをしてあげたりもしていました。

聞き手：他の部員の手書き原稿を、ワープロで清書してあげてたんですか？

谷　川：そうです。もう、なんじゃこりゃってひっくり返りそうになるのばっかりでしたけどね（笑）。

聞き手：どんな原稿だったんですか（笑）。

谷　川：文芸部は僕以外みんな女性だったんですけど、何というか、もうポエムなんですよね。

聞き手：ちょっと待って下さい、谷川さん以外、全員女性？　先程聞いた絵画部も女性率が高く、就職してからも若い女性に囲まれた職場って……。

谷　川：いや、部活は男女比半々くらいだったかな。

編集2：うらやましい……。

いとう：リア充度《じゅう》高いですね（笑）。

谷　川：なんっにも楽しいことなかったですけどね。
聞き手：またまた……。
谷　川：あ、でも確かに部活はまあ楽しかったということでいいかも。僕が一番青春していた時期です。
いとう：おおー。
編集1：甘酸っぱいですねえ。
谷　川：高校の文芸部は途中《とちゅう》から行かなくなりましたけどね。何かのあとがきで書いたんですが、最初、文芸部を覗《のぞ》きにいったら部長一人だけだったんですよ。文芸部ができた経緯《けいい》というのが、うちの高校の演劇部の脚本《きゃくほん》部門が独立して文芸部になったような形だったらしいんですけど。僕は美術部がメインだったんで週一くらいしか顔を出さなかったんですが、二人で会誌を作ったりしましたね。一年がかりで。
編集2：青春だなあ……。
谷　川：まあ部長は上級生だから先に引退してしまって、入《い》れ替《か》わりに新入部員はいっぱい入ってきたんですけど、そうしたらもういいやと思って行かなくなってしまった。
編集1：せっかく新入部員が入ったのに？
谷　川：だって全員女子だったんですよ。美術部には才能あふれる奴《やつ》がいましたし。後に建築家になった人間もいたんですよ。アメリカの9・11同時多発テロの犠牲者《ぎせいしゃ》を悼《いた》む記念《きねん》碑《ひ》の国際コンペで優勝してそれを作った同級生とか。

いとう：すごい……！

谷　川：今世界のあちこちを飛び回ってますよ。

編集1：僕が前に聞いた時はドバイにいらっしゃると。

谷　川：ドバイでバブリーな仕事をやったかと思えば、あっちこっちで全然違う仕事をしたりしているみたいです。多分僕が人生で初めて会った天才かも。高校の時点で「あ、こいつ天才や！」と思いましたもん。彼とは今も連絡《れんらく》のやりとりあるんですが、これが英語で来るんですよね。

聞き手：ずっと英語圏《えいごけん》でお仕事されているからですか。でも会えば日本語で話すんですよね。

谷　川：この前日本に帰ってきて、その時会いましたけど、まあ普通《ふつう》に日本人でしたけどね（笑）。ただアメリカナイズされていて、「やあ！」みたいな。ハグされるレベルの。

いとう：ああ〜、分かります！　まず握手《あくしゅ》から始まって肩《かた》を抱《だ》かれて、って日本人にはなかなか慣れないですよね（笑）。

編集2：逆に谷川さんが海外へ訪ねてみるのはどうですか。『驚愕《きょうがく》』も世界同時発売ですしね。ドバイで執筆《しっぴつ》して英語のメールで連絡くださっても（笑）。

聞き手：環境《かんきょう》が変わると執筆は難しいですか？

谷　川：親指シフトじゃないと遅《おそ》いですね。

いとう：やっぱりそれかー（笑）。

編集1：そういえば昔、谷川さんに「近所のマクドナルドが閉店して原稿《げんこう》が書きづらくなりました」って言われたことあったなあ。

谷　川：あれはしんどかったです。ノートとボールペンだけ持っていってダブルチーズバーガーのセット頼《たの》んで、三時間も居られる環境ってのがなくなっちゃったのでね。

いとう：地元のマクドって落ち着きますからねえ～。

谷　川：かなり暇《ひま》な店で長い間いられたんですけどね。その時店の二階でノートをつけてて、ふと外を見たら「つるやゴルフ」って看板があって。「あ、じゃあ今書いてるこのキャラは鶴《つる》屋さんにしよう」と。

編集1：え、そうだったんですか？　僕つるやゴルフで買い物したりするのに、全然知らなかった……。

聞き手：打合せの合間に谷川さんとゴルフの話とかはしなかったんですね。

谷　川：今マスターズやってますやん。見ますやん。すんごいレベルで競い合ってるのを見るのは楽しいんですけど、でもプレー自体を自分でやる気にはならんです。

編集1：え、何でですか。

谷　川：あんなに広大なスペースが必要なスポーツ、日本でそんなにはやらなくていいですよ。それこそアメリカでやればいいのに。ゴルフ場が日本で一番多いのって兵庫県なんですよ。
聞き手：そうなんですか。やっぱり北部の方に多いんでしょうか。
谷　川：北部から中部ですね。ゴルフより麻雀の方がまだ健康的ですよ！　エコロジーにも配《はい》慮《りょ》してるし。
編集1：そりゃまあ麻雀の方が地球環境にはやさしいですけど。
聞き手：また麻雀……話が尽《つ》きなくなりそうですので、ここでいったん締《し》めさせていただきますね。では最後に、谷川さんといとうさん、お互《たが》いへのメッセージをいただいてお開きとしてもよろしいでしょうか。
いとう：はい、では……ひとまずは『驚愕』の執筆、お疲《つか》れ様《さま》でした。
谷　川：ありがとうございます。
いとう：色々とまだ頭の中に次の構想が眠《ねむ》っていらっしゃるようなので。私もハルヒたちを生き生きと描《えが》いてあげられるよう頑張《がんば》りますので、ひとつ今年もよろしくお願い致《いた》します。
谷　川：描いていただけますか。
いとう：（笑）描きます描きます！
谷　川：「もうイラスト担当降りる」とか言われたらどうしようかと。
いとう：いや描かないわけがないですよ！（笑）本当に描いていて楽しい子たちなので、頑張

　　ってまた続きを書いて下さい！
谷　川：いや、本当に今回は遅《おく》れまして申し訳ありませんでした。いとうさんのスケジュールも色々あったはずなのに。
いとう：いえいえ！
谷　川：きっと「いつ原稿来るんですか」て何度もスケジュールを確認させてしまったはずなのに。
いとう：大丈夫《だいじょうぶ》ですよ！（笑）
谷　川：なので本当に申し訳なく。待っていて下さった読者の方にも申し訳なく……という思いでございます。
編集2：でも先程、今後の素晴らしい構想を聞かせてもらいましたし、これからばりばりと書いて頂ければ！
谷　川：できれば！……できてたらこんなに引っぱらないけど。
編集2：えっとじゃあ、ぼちぼちと書いていきましょう！
谷　川：ぼちぼちと。

第八章 SOS 補足事項

アニメ、コミック、ゲームなど幅広く展開する
「涼宮ハルヒ」シリーズのメディアミックス一覧、
そのデビューからブレイクまでの事件年表など。

SUZUMIYA HARUHI NO KANSO

「涼宮ハルヒ」シリーズ　メディア展開

■コミック

・角川コミックスエース『涼宮ハルヒの憂鬱《ゆううつ》』（漫画《まんが》＝ツガノガク）十四巻まで発売中
・角川コミックスエース『涼宮ハルヒちゃんの憂鬱』（漫画＝ぷよ）五巻まで発売中
・角川コミックスエース『長門有希ちゃんの消失』（漫画＝ぷよ）一巻まで発売中
・角川コミックスエース『にょろーん　ちゅるやさん』（漫画＝えれっと）全一巻
（すべて発行＝角川書店）

＊

漫画版『涼宮ハルヒの憂鬱』は、二〇〇五年より「月刊少年エース」で連載《れんさい》中。原作の内容に沿いつつ、単行本描き下ろしで時代設定を変えた番外編なども描いている。

また四コマ＆ショートギャグ漫画『涼宮ハルヒちゃんの憂鬱』が二〇〇七年から「月刊少年エース」と「4コマnanoエース」で連載中。ちょっとシュールなギャグとSDキャラになった時の可愛らしさが人気を博し、二〇〇九年から「ヤングエース」でも『長門有希ちゃんの消失』が連載されることとなった。

このほか公式パロディ四コマ漫画『にょろーん ちゅるやさん』が二〇〇八年から約一年間「月刊少年エース」と「コンプエース」にて連載されていた。こちらは鶴屋さんを主人公に、ほぼオリジナル作品に近い内容となっている。

■TVアニメーション

・BD-BOX「涼宮ハルヒの憂鬱 ブルーレイコンプリートBOX」二〇一〇年十一月二十六日発売／角川書店

＊

『涼宮ハルヒの憂鬱』は、二〇〇六年と二〇〇九年の二度にわたってTVアニメ化された。制作は京都アニメーション。キャストは涼宮ハルヒ＝平野《ひらの》綾《あや》、キョン＝杉田《すぎた》智和《ともかず》、長門有希＝茅《ち》原実里《はらみのり》、朝比奈みくる＝後藤《ごとう》邑子《ゆうこ》、古泉一樹＝小野《おの》大輔《だいすけ》、ほか。

二〇〇六年四月から全十四話で放送されたアニメは、原作の『憂鬱』『溜息《ためいき》』『退屈《たいくつ》』『暴走』の内容をもとにストーリーが構成されている。だが、第一話の内容が『憂鬱』ではなく、『溜息』でハルヒたちが撮影《さつえい》した自主制作映画「朝比奈ミクルの冒険《ぼうけん》 Episode 00」そのものという内容になっていたため、原作を未読の視聴《しちょう》者はもちろんのこと、原作ファンも驚《おどろ》き、話題となった。さらに映像のクオリティの高さや楽曲の素晴らしさも相まって爆発《ばくはつ》的な人気を呼び、ファンがキャラクターソングを歌ったり演奏したり、またエンディングの映像を真似《まね》て踊《おど》ったりして、その様子を動画サイトにアップする行為《こうい》が流行した。関連グッズやコスプレも人気となり、社会現象として注目されるほどのブームとなった。

二〇〇九年四月から放送されたアニメは、二〇〇六年版の十四話に新作十四話を織り交ぜて放送する形となった。その中の新作エピソード「エンドレスエイト」は、ハルヒの願望によってキョンたちが同じ夏休みを繰《く》り返《かえ》すという原作ストーリーに則り、夏休みの話が八話放送された。再放送ではなく、あえて一話ずつ新規の作画とアフレコを行うというユニークな試み。

■ネット配信アニメーション

・BD-BOX「涼宮ハルヒちゃんの憂鬱&にょろーん ちゅるやさん Blu-ray Disk Box」二〇一〇年八月二十七日発売／角川書店

＊

前述の漫画『涼宮ハルヒちゃんの憂鬱』と『にょろーん ちゅるやさん』がアニメ化され、二〇〇九年二月より約三ヶ月間、YouTubeの角川アニメチャンネルで配信されたもの。制作は京都アニメーション、キャストはTVアニメ版と同様である。

■劇場版アニメーション

・Ｂｌｕ－ｒａｙ＆ＤＶＤ『涼宮ハルヒの消失』二〇一〇年十二月十八日発売／角川書店

＊

二〇〇九年十月のＴＶアニメ放送終了《しゅうりょう》直後に劇場版制作の告知ＣＭが放送され、翌二〇一〇年二月六日に公開された。上映時間一六三分というボリュームで丁寧《ていねい》に描かれたストーリーはファンからも高く評価され、興行収入八・五億円を記録。その後発売されたＢＤ／ＤＶＤ『涼宮ハルヒの消失』は約二十万本を売り上げた。

■ゲーム

・ＰＳＰ「涼宮ハルヒの約束」二〇〇七年十二月二十七日発売／バンダイナムコゲームス
・ＰＳ２「涼宮ハルヒの戸惑」二〇〇八年一月三十一日発売／バンプレスト
・Ｗｉｉ「涼宮ハルヒの激動」二〇〇九年一月二十二日発売／角川書店
・Ｗｉｉ「涼宮ハルヒの並列」二〇〇九年三月二十六日発売／セガ
・ＮＤＳ「涼宮ハルヒの直列」二〇〇九年五月二十八日発売／セガ

・PSP・PS3「涼宮ハルヒの追想」二〇一一年五月十二日発売／バンダイナムコゲームス

＊

アニメ版のキャラクターをベースに、さまざまな「ハルヒ」のゲームが制作されている。「約束」は北高祭前日に起こった異変をSOS団が解いていくアドベンチャーゲーム。「戸惑」はSOS団がゲーム作りにチャレンジし、色々なゲームを作ってハルヒを満足させるという内容。「激動」は楽曲に合わせて振《ふ》り付《つ》けをするダンスゲーム。「並列」はゲームオリジナルキャラが登場し、豪華《ごうか》客船の中でハルヒたちが騒動《そうどう》を巻き起こすフルボイスアドベンチャー。「直列」は夏休み中の北高でSOS団が学校の怪談《かいだん》に挑《いど》むアドベンチャーゲームとなっている。「追想」は劇場版アニメ『涼宮ハルヒの消失』エンディング直後から物語が始まり、プレイヤーはSOS団の存在しない北高祭を何度も経験しながら、元《もと》の世界に戻る方法を探す。

なお二〇一一年現在、NDS「涼宮ハルヒちゃんの麻雀」とGREEアプリ「涼宮ハルヒの団結」が開発中である。

■電子出版関連

・iPhoneアプリ「THE DAY OF SAGITTARIUS III」二〇一〇年二月十六日配信開始

・電子書籍《しょせき》「BOOK☆WALKER内『涼宮ハルヒ』シリーズ」二〇一〇年十二月配信開始

・iPadアプリ「アニメロイド『涼宮ハルヒのBOOK☆WALKERナビ』」二〇一一年四月二十五日配信開始

（すべて提供＝角川書店）

＊

『涼宮ハルヒの暴走』に収録のエピソード「射手座の日」で描《えが》かれた、コンピ研とSOS団のゲーム勝負。そのゲームをイメージしたアプリがiPhoneで遊べる。

角川グループの電子書籍配信プラットフォーム「BOOK☆WALKER」では「涼宮ハルヒ」シリーズが配信中。現在「憂鬱《ゆううつ》」～「分裂《ぶんれつ》」までの文庫既刊《きかん》と、前述のコミックスが購《こう》入《にゅう》できる。二〇一一年夏には「驚愕《きょうがく》」も配信予定。Android版とiOS版がある。「涼宮ハルヒのBOOK☆WALKERナビ」は、アニメーションと音声でBOOK☆WALKER内のコンテンツを紹介《しょうかい》するiPadアプリで、無料配信中。

※文中のデータは二〇一一年五月現在のものです。今後発売・配信が変更《へんこう》される可能性もありますのでご了承《りょうしょう》下さい。

「涼宮ハルヒ」シリーズのあゆみ

二〇〇三年　二月　第八回スニーカー大賞にて応募《おうぼ》総数四二五作の中から、谷川流の『涼宮ハルヒの憂鬱』が〈大賞〉を受賞する。
二〇〇三年　四月　「ザ・スニーカー」二〇〇三年六月号にスニーカー大賞受賞者・谷川流のインタビューが掲載《けいさい》。
二〇〇三年　六月　『涼宮ハルヒの憂鬱』発売。
二〇〇三年　十月　『涼宮ハルヒの溜息《ためいき》』発売。
二〇〇三年十二月　「ザ・スニーカー」二〇〇四年二月号に初の涼宮ハルヒ特集記事が掲載。
二〇〇四年　一月　『涼宮ハルヒの退屈《たいくつ》』発売。
二〇〇四年　八月　『涼宮ハルヒの消失』発売。
二〇〇四年　十月　『涼宮ハルヒの暴走』発売。名古屋、大阪で谷川流が初のサイン会を実施。「ザ・スニーカー」二〇〇四年十二月号で「長門有希の１００冊」

を特集。

二〇〇四年十二月　『このライトノベルがすごい！』二〇〇五年版で一位を獲得《かくとく》する。

二〇〇五年　四月　『涼宮ハルヒの動揺《どうよう》』発売。

二〇〇五年　八月　「ザ・スニーカー」二〇〇五年十月号でアニメ化が発表される。

二〇〇五年　九月　『涼宮ハルヒの陰謀《いんぼう》』発売。

二〇〇五年　九月　「月刊少年エース」で漫画《まんが》『涼宮ハルヒの憂鬱』連載《れんさい》開始。

二〇〇六年　四月　ＴＶアニメ放送開始。第一話で「朝比奈《あさひな》ミクルの冒険《ぼうけん》 Episode 00」を放送し話題に。動画サイトでファンによる投稿《とうこう》動画が急増、ブームとなる。

二〇〇六年　五月　『涼宮ハルヒの憤慨《ふんがい》』発売。

二〇〇六年　六月　ＴＶアニメ放送話数十二話「ライブアライブ」が話題となり、関連ＣＤがスマッシュヒット。

二〇〇六年　七月　「月刊ニュータイプ」でアニメ版「涼宮ハルヒの憂鬱」が初表紙を飾《かざ》る。

二〇〇七年　三月　大宮ソニックシティでライブイベント「涼宮ハルヒの激奏」開催《かいさい》。

二〇〇七年　四月　『涼宮ハルヒの分裂』発売。

二〇〇七年　七月　七夕の日、朝日新聞朝刊の全面広告でアニメ第二期の制作が発表される。
「月刊少年エース」で漫画『涼宮ハルヒちゃんの憂鬱』連載開始。

二〇〇七年十二月　PSP「涼宮ハルヒの約束」発売。
二〇〇八年一月　PS2「涼宮ハルヒの戸惑」発売。
二〇〇八年六月　アニメ第二期改め「新アニメーション」の制作が発表される。
　「涼宮ハルヒちゃんの憂鬱&にょろーん ちゅるやさん」のアニメ化発表。
二〇〇八年九月　Wii「涼宮ハルヒの激動」発売。
二〇〇九年一月　角川アニメチャンネルで「涼宮ハルヒちゃんの憂鬱&にょろーん ちゅるやさん」配信開始。
二〇〇九年二月　Wii「涼宮ハルヒの並列」発売。
二〇〇九年三月　TVアニメ「涼宮ハルヒの憂鬱」改めて放送開始。
二〇〇九年四月　東京厚生年金会館にてクラシックコンサート「涼宮ハルヒの弦奏《げんそう》」開催。
　いとうのいぢ画集「ハルヒ主義」発売。
二〇〇九年五月　NDS「涼宮ハルヒの直列」発売。
二〇〇九年七月　新TVアニメで「エンドレスエイト」のエピソードが話題となる。
二〇〇九年十月　TVアニメ放送終了《しゅうりょう》後、劇場版「涼宮ハルヒの消失」情報が発表される。
二〇一〇年二月　劇場版アニメ「涼宮ハルヒの消失」公開。
二〇一〇年四月　ロッテ「ACUO」のTVCMにハルヒ、長門、みくるのアニメ版キャラクターが起用される。

二〇一〇年　四月　雑誌「ザ・スニーカー」に『涼宮ハルヒの驚愕《きょうがく》』冒頭《ぼうとう》が先行掲載される。

二〇一〇年十二月　BD／DVD『涼宮ハルヒの消失』発売。

二〇一一年　二月　『涼宮ハルヒの驚愕』発売日と全世界同時発売決定の告知が発表される。カトキハジメ×いとうのいぢコラボ「COMPOSITE Ver.Ka 全領域汎《はん》用《よう》人型決戦外骨格 SOS-01 ハルヒロボ（ハルヒ☆隊長☆専用機）」がバンダイから発売。

二〇一一年　四月　『涼宮ハルヒの驚愕』初回限定版の初版部数が五十一万三千部に決定。

二〇一一年　五月　PSP・PS3「涼宮ハルヒの追想」発売。『涼宮ハルヒの驚愕（前）（後）』初回限定版発売。東京で谷川流、中国でいとうのいぢの発売記念サイン会が行われる。

二〇一一年　六月　『涼宮ハルヒの驚愕（前）（後）』通常版、『OFFICIAL FANBOOK 涼宮ハルヒの観測』（本書）が発売。

OFFICIAL FANBOOK

涼《すず》宮《みや》ハルヒの観《かん》測《そく》

スニーカー文《ぶん》庫《こ》編《へん》集《しゅう》部《ぶ》：編

角川文庫　16855

平成二十三年六月十五日　初版発行

発行者—井上伸一郎
発行所—株式会社角川書店
東京都千代田区富士見二—十三—三
電話・編集（〇三）三二三八—八六九四
〒一〇二—八〇七八
発売元—株式会社角川グループパブリッシング
東京都千代田区富士見二—十三—三
電話・営業（〇三）三二三八—八五二一
〒一〇二—八一七七
http://www.kadokawa.co.jp
印刷所—旭印刷　製本所—BBC
装幀者—杉浦康平
本書の無断複写・複製・転載を禁じます。
落丁・乱丁本は角川グループ受注センター読者係にお送りください。送料は小社負担でお取り替えいたします。

定価はカバーに明記してあります。

©Nagaru TANIGAWA 2011　Printed in Japan

S 168-51　ISBN978-4-04-474850-0　C0193

角川文庫発刊に際して

角川源義

第二次世界大戦の敗北は、軍事力の敗北であった以上に、私たちの若い文化力の敗退であった。私たちの文化が戦争に対して如何に無力であり、単なるあだ花に過ぎなかったかを、私たちは身を以て体験し痛感した。西洋近代文化の摂取にとって、明治以後八十年の歳月は決して短かすぎたとは言えない。にもかかわらず、近代文化の伝統を確立し、自由な批判と柔軟な良識に富む文化層として自らを形成することに私たちは失敗して来た。そしてこれは、各層への文化の普及滲透を任務とする出版人の責任でもあった。

一九四五年以来、私たちは再び振出しに戻り、第一歩から踏み出すことを余儀なくされた。これは大きな不幸ではあるが、反面、これまでの混沌・未熟・歪曲の中にあった我が国の文化に秩序と確たる基礎を齎らすためには絶好の機会でもある。角川書店は、このような祖国の文化的危機にあたり、微力をも顧みず再建の礎石たるべき抱負と決意とをもって出発したが、ここに創立以来の念願を果すべく角川文庫を発刊する。これまで刊行されたあらゆる全集叢書文庫類の長所と短所とを検討し、古今東西の不朽の典籍を、良心的編集のもとに、廉価に、そして書架にふさわしい美本として、多くのひとびとに提供しようとする。しかし私たちは徒らに百科全書的な知識のジレッタントを作ることを目的とせず、あくまで祖国の文化に秩序と再建への道を示し、この文庫を角川書店の栄ある事業として、今後永久に継続発展せしめ、学芸と教養との殿堂として大成せんことを期したい。多くの読書子の愛情ある忠言と支持とによって、この希望と抱負とを完遂せしめられんことを願う。

一九四九年五月三日

冒険、愛、友情、ファンタジー……。
無限に広がる、
夢と感動のノベル・ワールド！

スニーカー文庫
SNEAKER BUNKO

いつも「スニーカー文庫」を
ご愛読いただきありがとうございます。
今回の作品はいかがでしたか？
ぜひ、ご感想をお送りください。

〈ファンレターのあて先〉
〒102-8078 東京都千代田区富士見2-13-3
角川書店 スニーカー編集部気付
「谷川 流先生」係

スニーカー大賞
作品募集

スニーカー大賞 SNEAKER AWARD Since1996

冲方丁(『オイレンシュピーゲル』)、谷川流(『涼宮ハルヒの憂鬱』)、新井円侍(『シュガーダーク』)、玩具堂(『子ひつじは迷わない』)など、時代を牽引する描き手を輩出してきた「スニーカー大賞」。
次の時代を切り開くのは、キミだ!

春の締切 3月1日

秋の締切 10月1日

《大　賞》300万
《優秀賞》50万
《特別賞》20万

一次選考通過者には、編集者の熱い評価表をバック!

応募の詳細は角川書店ウェブページ
(http://www.kadokawa.co.jp/sneaker/award)
をご覧ください(お電話での問い合わせはご遠慮ください)。

イラスト/籠目『子ひつじは迷わない』